悪役貴族が開き直って
破滅フラグを
〝実力〟で叩き折っていたら、
いつの間にかヒロイン達から
英雄視
されるようになった件
01
楓原こうた
illust.
ファルまろ

CONTENTS

kota kaedehara presents

illust. by falmaro

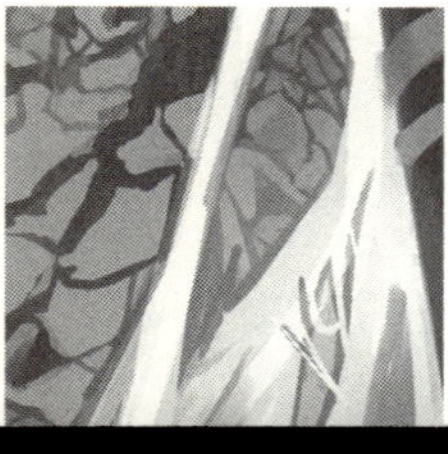

I broke dead end
flag and
I became a hero.

プロローグ

一時期流行ったゲームがある。

学園で起こるシナリオを中心としたアクションファンタジーで、主人公を中心に数々のイベントをクリアしてハッピーエンドを目指すというものだ。

多彩なシナリオと魅力的なキャラクターが多いことで一部の界隈ではかなりの人気を誇っており、その配信をメインコンテンツにする者も続出したほど。

そんな中、どのシナリオでも必ず登場するキャラクターがいるのだが――

「はぁ……空が青い」

高層ビルなんてない。

澄み切った青空と緑美しい木々。時折聞こえるのは小鳥の囀《さえず》りと、野太い男達の気合いの入った声。

ふと視線を下げれば、訓練場らしき場所でスーツではなく甲冑《かっちゅう》を着た騎士らしき人間が走り込みをしている。

そんな景色を、髪を短く切り揃えた小太りな少年が見下ろして大きなため息をついていた。

（この光景にも慣れた自分がいるのが悲しい……こう、なんというか田舎から都会に足を運んだ時みたいな？）

イクス・バンディール。

バンディール伯爵家の嫡男で、今年十二歳になったばかりの少年だ。

そして、この少年なのだが——

（転生してから一週間。なんでこんな悪役チョイスなんだよ神様……）

一時期流行った『カレイドリリィ・アカデミー』というゲームで必ず登場するキャラクター。

それは主人公ではなく、このイクスという少年であった。

主人公であれ、ヒロインであれ、どのシナリオにも敵キャラクターとして登場する。

癇癪《かんしゃく》持ちで女好き、我儘《わがまま》で己にあまり才能がないにもかかわらずプライドが高く、他者をよく見下し、貶《けな》す。

それだけに留まらず、王国の騎士団長を父に持ちながらその威光に縋《すが》り、日々堕落した生活を繰り返していた。

——典型的なクズ。

それがイクス・バンディールという少年であった。

その少年が辿る末路は、いつも決まっており——

「……なぁ、俺がいつか殺されるって言ったら信じてくれる？」

ふと、イクスは窓の外の景色から視線を外して後ろを見る。

そこには艶やかな銀髪が特徴的な端麗すぎる可憐な少女が、メイド服を着た状態で紅茶を淹れていた。

その少女はイクスに声をかけられて顔を上げ、表情が乏しい顔のままゆっくりと口を開く。

「はい、普通に信じます」

「ですよねぇ……ッ！」

イクスが頭を抱える。

そんなイクスの頭を、イクスと同じぐらいの歳のメイドが優しく撫でた。

そして、綺麗な笑みを浮かべて――

「逆に殺されない可能性《りゆう》を教えていただいても？」

「さらりとキツイことを言うよね、お嬢さん。ほんとにメイドさんが務まってるの？」

随分とハッキリと言うお嬢さんである。

「しかし、美少女なメイドがそう思ってしまうのも無理はないかと」

い、い、い、イクスが拾ってきた専属メイドであるセレシアが頭を撫でながら口を開く。

「先日、パーティーで格下の貴族の子を罵り公衆の面前で恥をかかせ」

「ぬぐっ！」

「公爵家のご令嬢には失礼な態度に加えて『俺の女になれ！』発言」

「がはっ！」

「せっかく来訪していただいた聖女様には『神なんかいるわけないだろ！』と言いながら水をかけて追い返しました」

「ぐふっ！」

「ほんの一部を切り取ってこのような形なのです……いつか恨まれて背中を刺されてもおかしくないのでは？」

「お、仰る通りです……！」

イクスは典型的なクズ。

それはゲームをやっていた中身の自分も把握はしているのだが、改めて聞かされると心に刺さるものがあるわけでして。

自分がやったわけじゃないのに、と。イクスは膝を抱えてさめざめと泣いた。

「まぁ、最近のご主人様は何故か随分と変わられたご様子。今からでも行いを正していけば背中から刺されることはないかと」

「ほ、本当……？」

「はい、正面から刺される可能性はございますが」

「やだどっちにしろ三途の川を渡っちゃう！」

今から挽回しようにも、すでに各種方面に恨みを買っている現状。

自分で言うのもなんだが、確かに今から更生の方面で頑張ったところで手遅れな気がする。

もしかしたら、全然違う未来があるのでは？　なんて淡い期待を抱いた時もあったが、転生してからの一週間――嫌というほど、己が知っているゲームの知識と醜聞が一致していた。

納得してしまう理由もいっぱいあるため「死なないんじゃね？」なんて淡い期待は捨てざるを得なかった。

(ちくしょう、どうして転生したのかも分からないのに、シナリオが始まる学園に入ったら殺される未来とか……俺は出荷されるために生まれた子豚じゃねぇんだぞッ!?)

とはいえ、今からご機嫌取りをしたところで恨みがなくなるかは分からない。

それこそ、頭を下げている最中に憤慨した人間から闇討ちで殺される可能性だってある。

実際に、ゲームではすべてヒロイン達に粛清されるか、処刑されて死んでおり――

「……ん、待てよ。正面から刺される？」

「いかがなされましたか、ご主人様？」

イクスが悪役として殺されるのは、ゲームの舞台である学園だ。

そこで今までの行いが増長し、敵として……粛清対象として殺されるのがストーリー。

そして、その全てが主人公達の手によって行われたもの。

つまり――

「そうだ、学園に入るまでにそもそもあいつらに殺されないほど強くなればいいだけの話じゃないかッッッ！！！」

敵として立ち回ってしまうのであれば、倒せるほど。

粛清されるのであれば、返り討ちにできるほど。

処刑されるのであれば、捕まえられないほど。

それぐらい強くなれば、そもそもイクスが殺されることはないのではッッッ!?

「もうすでに俺への恨み辛みは最高潮、弁明の余地なんて存在しないほど！」

「自分で仰いますか」

「ならば、奴らが歯向かう気など起きないよう徹底的に強くなり、実力を知らしめれば俺の命も安全に違いないッ！」

開き直りやがりました、と。

メイドのセレシアは少しばかりため息をついた。

「(ふふふ……勝手に転生させられて、こんなキャラクターにされたんだ。ストーリーとか更生とか知ったことか……誰も手が出せないほど強くなって破滅フラグを叩き折ってやる……)」

何やら全身から黒いオーラを撒き散らしているイクス。

よっぽど、転生させられたことにご立腹なようだ。

「あの、瞳から炎のマークを浮かべていますけど、普通に今からでも謝って回って更生すればいいのでは？」

「なんで俺が謝る必要があるんだよ!?」

「そのセリフがそのまま理由になりそうな気がしますが」

だって、俺やってないし。

中身のイクスは本当に開き直っていた。

「フ、フハハハハハハハハハハハハハハハッッッ！！！　そうと決まれば、早速特訓だ！

大丈夫、俺には長いことゲームをやってきた知識がある……主人公達よりも圧倒的な実力を身に着け、三年後の舞台である学園で俺が最強になってやる！　そうすれば、俺が死ぬこともないッッッ！！！」

転生してから一週間。

舞台は三年後の学園。

イベントなんて考えなくていい。主人公達と関わらないなんて小賢しいことはしなくていい。

殺されるのであれば、殺されないほど強くなればいい。

逆らってくるのであれば、逆らおうと思いたくなくなるような実力差を見せつけてやればいい。

ここはゲームの世界──障害は強くなるだけで解決することばかりで、強くなるための環境も整っているのだから。

「行くぞ、セレシア！　そうと決まれば早速特訓だ！」

「はぁ……仰せのままに、ご主人様」

そう言って、イクスは早速部屋を飛び出していった。

「ナメるなよ、世界《ファンタジー》……俺の、俺の執念を見せつけてやるッッッ！！！」

◆◆◆

——そして、三年後。

「……ご主人様」

「ん？　なんだ？」

イクスがすっかり転生してゲームの世界に慣れ、学園の入学まであと少しといったとある日のこと。

セレシアの声に、イクスは振り返って反応する。

「確かに、ご主人様は昔『強くなる！』と仰いました。当初は絵空事で三日坊主の戯言《ざれごと》だと思っていましたが……」

「主従関係とは思えない直球《ストレート》なセリフだな」

「ご安心ください……相変わらず、ご主人様にはラブな、メイドです」

「三年前のお嬢さんからは考えられない直球《ストレート》なセリフだな」

苦笑いを浮かべるイクス。

しかし、セレシアは気にした様子もなく言葉を続けた。

「以前とは違い、ご主人様は見違えるほど強くなったかと思います」

「あぁ、そのために毎日走り込みと剣の素振りを欠かさず行い、寝る間も惜しんで魔法の本を漁っては研究していたからな」

「その勤勉さは、本当に以前のご主人様では考えられないほどです。確かに、今までを振り返れば強くなるのも頷けます」

ですが、と。

セレシアはイクスの背後をチラリと覗いた。

そこには地面に倒れる五十人もの兵士の姿が――

「強くなりすぎです」

「これも執念の成果ッッッ！！！」

学園に入ってしまったらどうなるのだろう？

セレシアは高笑いを見せる主人を見て、内心で大きなため息をついたのであった。

◆◆◆

――これはイクスが「殺されないように強くなる」と言い始めてから一年後の話。

『ねぇ、またイクス様が……』

『ここ一年、本当にイクス様って変わったわよね』

『なんでもいいんだけどさ、あんまり仕事増やさないでほしいわー』

『セレシアもよくもあんな男の専属メイドできているわよね』

通り過ぎる使用人達のヒソヒソとした小声と視線が向けられる。

もちろん、向けられている対象は嫌われ者のイクス。しかし、イクスはそんな視線も声も気にならないのか、考え事をしていた――

(イクスというキャラクターを強くするためにはどうすればいいか)

そう考えた時、まず真っ先に思い浮かんだのが魔力の適性を上げることであった。

この世界において、扱える魔法の位階は使用者の魔力適性がどれほどあるかによって決まってくる。

初級魔法、中級魔法、上級魔法、超級魔法。下から順に扱い難くなり、上に行けば行くほど扱える人間は限られてくる。それこそ、超級魔法を扱える人間は大陸の中でもごく僅か。一つ下の上級魔法ですら、大人でも扱うのが難しい。

ただ、逆に言えば生徒の身で上級魔法を扱える人間はほぼいないということであり――

「ふふふ……上級魔法を扱えれば学園の中では無敵ふふふ」

そんな不気味な笑みを浮かべるイクスは、現在屋敷の敷地内にあるはなれに足を運んでいた。

そして、両手には耐火性に優れた石のブロックが抱えられており、それらを自力でゆっくりと積み上げていく。

（魔力適性を上げる＝強い魔法が扱えるようになる。つまり、魔力適性こそが強くなれる要因）

積み上げたブロックは徐々に部屋の形を形成していく。とは言いつつ、あくまで素人が積み木で遊んでいるようなもの。不格好と言われれば不格好。しかし、イクスにとっては見た目よりも形が重要であった。

（じゃあ、どうすれば魔法適性を上げることができるのか？）

イクスは部屋の中に藁《わら》を敷き詰め、水の入ったバケツを傍に並べていった。

（本来、魔力適性は天性の才能。自然に体の成長と共に伸ばしていくか、魔法を使い続けることで上げられる）

魔法にはそれぞれ属性がある。

赤、青、緑、黄、紫、黒、白。これらはすべての魔法に当て嵌まり、魔力適性にもそれぞれ向き不向きがある。

簡単に言えば、自身の魔力適性が赤であれば赤の魔法が扱いやすく、逆にそれ以外の属性であれば扱い難い。

なので、基本的には自身の属性の色に合わせた魔法を扱い、魔力適性を上げていくのだが――

（属性に合った自然現象に体を慣れさせることで、時短ができる！）

イクスは口元に笑みを浮かべ、中に入れた藁に火を点けた。

「ふふふ……本当はゲームのシナリオ後半で主人公が見つける手段だが、お手付きしても文句言うんじゃねぇぞ主人公ふふふ」

最初は「焼き芋を入れたら美味しそうだなー」ぐらいだった火が徐々に「ヤバい、火事だ！」なほどにまで強くなる。

しかし、流石は無理を言って取り寄せた耐火性抜群のブロック。火の手は広がることなく、ただただ中が大惨事になっているだけ。

傍から見たら、かなり酷い絵面だ……不気味な笑みを浮かべた少年が燃え盛る火をただ見つめているだけなのだから。そりゃ、通り過ぎる人からヒソヒソもされる。

（火に飛び込み、火に体を慣れさせることで魔力適性は上がる！　イクスくんの魔力適性は赤だということは分かっているからな！）

イクスは念の為に用意したバケツをさらに部屋の近くへ寄せ――

「さぁ、いざ行かん、修羅の道へ！」

思い切り中へ飛び込んだ。

「あぁぁぁぁぁアアアアアアアアアアアアアアアアヴウウウウウウウウウウウウッ！！！？？？」

まぁ、ゲームの知識はあくまでゲームの中の話で。

魔力適性がそもそも低い状況で飛び込めば、熱い痛い焼けるは当たり前であり。

イクスの馬鹿らしい叫び声が響き渡り、それから髪の毛が盛大に焦げたのだが、誰一人として心配することはなかったという――

◆◆◆

そしてまた別の日。

(ご主人様は変わられました)

一方で、この一年間……セレシアはイクスの変化に少しばかり驚いていた。

それは屋敷の人間も感じ取っていたことで、一時期は噂の話題として誰の口からも零れていたほどだ。

あれだけ癇癪を起こし、あれだけ女に現《うつつ》を抜かし、鍛錬などしたこともなかったのに。

ある日を境に、イクスは毎日剣を振るようになった。

暇があれば女ではなく魔法書と向き合い、時折森に出掛けて魔物を討伐していた。

たまに自ら火に飛び込むというよく分からないことをしているものの、癇癪を起こしているところなど久しく見ていない。何か粗相をしたとしても、イクスが殴ってくることはなかった。

イクスの変化は専属メイドであるセレシアも感じ取っており、確かな拭い切れない違和感をここしばらく抱いていた。

（……本当に、何が起こってしまったというのでしょうね）

訓練場で黙々と剣を振るイクスを眺めるセレシア。

周囲で鍛錬をしている騎士がチラチラ見てくる中、イクスは気を散らすことなく必死に剣を振っている。

（まぁ、ご自身の置かれている立場をようやく理解して必死に抗っている……というのは分かりますが）

真面目に鍛錬をし始めて一年。

イクスはあの時の言葉を体現しているかのように、毎日鍛錬と勉強を繰り返している。

当初は「三日坊主ですね」と思っていたのだが、そんなことはなく……気が付けば、みるみるうちに実力がついていってしまった。

（この調子だと、いつか私も太刀打ちできなくなってしまうかもしれませんね）

セレシアはゲーム内における唯一のイクスの味方で、イクス陣営の最強のキャラクターである。

戦争で両親を亡くし、イクスが単なる気まぐれで拾ってきた少女。

剣の才能に恵まれ、順当に鍛錬を続けていけば、かの剣聖とも肩を並べるのでは？　とも言われたほどの逸材。

意外にも義理人情に厚く、最後の最後までイクスを見限ることなく恩義だけでイクスの傍にい続けた。

「ご主人様、もう少し重心は下げた方がよろしいかと」

「ん？　そうか？　いやー、教えてくれてあんがと！」

「これぐらいのことであれば」

「そうか？　なんだかんだ、いっつもちゃんと素振り見てくれるじゃん？　結構ありがたいと思ってるぞ！」

少しだけ、セレシアは眉を顰《ひそ》める。

褒められたことにむず痒《がゆ》く思っているのか、それとも気味が悪いと思っているのか。

いずれにせよ、セレシアはまるで何もなかったかのように小さく頭を下げた。

「……ご主人様、少し買い出しに出掛けてきてもよろしいでしょうか？」

「いいぞー！　俺もどうせこのあと出掛けるし」

「ありがとうございます」

セレシアはイクスにそれ以上の感情は抱いていない。

イクスがどうしようもない人間だというのは傍にいて分かっているし、そもそも男としてセレシアのお眼鏡に適《かな》っていなかった。

あとは……まぁ、元よりセレシアがあまり他者に関心を寄せない性格をしているのも理由に挙げられるだろう。

（ご主人様が変わられたのは少し意外ではありますが、私がすることは変わりませんね。ひよこが鶏になるまでのお世話を続けるだけです）

イクスの傍を離れ、一度離れにある自分の部屋まで戻り、少しばかりの身支度を整えて屋敷を出る。

こうした買い出しも、メイドの役目。

いくら傍付きといっても、セレシアは屋敷にいるメイドの中では新参者――イクスの世話と並行して家の雑事も行わなければならない。

昔は合間を縫って行かなければならず、イクスの機嫌を損ねないようにするのが大変だったのが

――

（……今はとても楽ですね。外出をしても怒られませんし、そういった面ではご主人様が変わられたのは嬉しいことです）

伯爵家の屋敷から街までは少しばかりの距離がある。

小さな森の整備された道を抜けて、開けた場所を片道数十分歩かなければならない。

セレシアは、現在一人。

だからか、機を狙って誰もいない場所では悪に染まった人間も現れるわけで――

「……よぉ、嬢ちゃん」

ガサガサと、森を歩いている最中に茂みから男が現れる。

その数は十数人。身なりは荒《すさ》んでおり、まともな環境で育っていないということが窺えた。

「見てたぜー、伯爵家の屋敷から出て来ただろ？　ってことは、いっぱい金を持ってんじゃねぇか？」

「ちょっと、置いていってもらおうか？」

「ついでに、俺達と遊んでくれてもいいんだぜ？　お嬢ちゃんみたいな可愛い子だったら、お兄ちゃん達も楽しめるからよぉー！」

何が楽しいのか、ゲラゲラと笑う男達。

見るからに、金目的の盗賊。恐らく、貴族の家から出てくる人間を狙って待ち伏せていたのだろう。

「はぁ……面倒ですね」

しかし、セレシアは眉一つ動かさない。

ただただ、メイド服のスカートの下に手を伸ばし――

「少しだけですよ？」

シャッ、と。

盗賊の一、い、い、い、い、人の首を刎ねた。

「「「「ッッッッッ！！！？？？？」」」」

男達の息を呑む音が聞こえてくる。

それも当然……先程まで囲んでいたはずの女の子がいつの間にか移動し、いつの間にか取り出した剣で仲間の一人の首を刎ねたのだから。

――セレシアは、イクス陣営の最強のキャラクター。

シナリオによって変わるが、時にラスボスとして、時に最大の関門として主人公達の前に立ちはだかった少女。

いくらイクスと同じ幼い女の子の時分であろうが……才能《スペック》は、常人以上のものである。

「て、てめ……ッ！」

「あら、何故驚かれるのです？　遊んでほしいと仰ったのは貴方達の方ではありませんか」

「くっそ……お前は殺すッ！」

盗賊の男達が一斉に襲い掛かってくる。

しかし、セレシアは眉一つ動かさない。華麗に躱《かわ》し、剣を横薙ぎに振るい、時に相手の持っている剣を蹴り上げ、体をズラすことで同士討ちを狙う。

――この程度であれば、幼いとはいえスペックの壊れたセレシアの相手にもならない。

今考えているのは「如何《いか》に怪我をせず相手を倒せるか」ではなく、返り血で服が如何に汚れないようにするかだ。

(引き返して服を取り換えなければ。流石にハロウィンでもないのに、血塗れオプションで歩いていれば驚かれてしまいます)

しかし、これが慢心であることをセレシアは自覚していない。

確かに、セレシアは強い。

過言だと思われるだろうが、現在伯爵家に駐屯している騎士の誰よりも剣の腕は長けていた。

だが、それはスペックのゴリ押しで才能に身を任せていたおかげの話——

「へへっ！　これでも食らえや！」

盗賊の一人が剣を振り上げてくる。

セレシアは振り返って咄嗟に防ごうと剣を構えるが、突如男の手から砂がかけられた。

「ッ!?」

「はっはー！」

視界が奪われたその一瞬で、男達は一斉にセレシアに飛び掛かった。

剣を取り上げ、両手両足を押さえつける。

いくら剣の腕が凄まじいとはいえ、まだまだセレシアは十歳そこらの女の子。

大人の男に押さえつけられてしまえば、抜け出せる術など持ち合わせていない。

「ぐっ……！」

「……よくもやってくれたなぁ、嬢ちゃん。もう、タダでは殺さねぇよ」

男達の下卑た笑みが向けられる。

手を動かそうとするが、いつも頼っていた剣の感触はない。

だからからか——セレシアは、久しぶりの感情に支配される。

孤児となった時に起こった戦争。その時味わった……思い出したくもない恐怖。

「ははっ！　嬢ちゃん、泣いてんのか!?　あんなに人を殺したのにか!?」

「ウケる！　これ、ちょっと脅かせば心折れるんじゃね!?」

強いのは強い。

しかし、セレシアはまだ幼い女の子なのだ。

(怖い……)

怖い、本当に怖い。

早くこの場から逃げ出してしまいたい。優しい人達に囲まれる温かい場所に戻りたい。

だが、視界に映るのは恐怖でしかない下卑た最悪な男達の姿で。

(怖い怖い怖い怖い怖いッッッ！！！)

いつもすまし顔で、表情の乏しかった女の子が久しぶりに見せた泣き顔。

きっと、屋敷にいる人間が今のセレシアを見れば驚くことだろう。

しかし、誰もやって来ない。

この場には自分一人で、助けを求めても誰もすぐに駆けつけてはくれないだろう。

それでも、セレシアは願ってしまう。

「誰か、助けてよ……！」

そして——

「てめぇら、うちのメイドに手を出してんじゃねぇよ！」

ゴゥッッ！！！　と。

横薙ぎに、男達の顔を呑み込むかのような紅蓮の一閃が、視界に映った。

男達は何も言わない。

ただただ、焦げた顔から煙を吐き出し、その場に崩れ落ちるだけ。

（こ、これは……）

この魔法を見たことがある。

それは、何度も何度も鍛錬に付き合わされていた時に彼から見せられたもので——

「……ご主人、様？」

「大丈夫か、セレシア？」

一瞬で盗賊達を倒し、セレシアの顔をイクスが覗く。

その顔は、どこか青白く気分が悪そうで。

「お顔、が……その、大丈夫ですか？」

「ははは……分かってはいたが、人を殺すのって初めてで現代っ子にはきついかなり気持ちが悪いうぇっ」

でも、と。

セレシアの体を起こしながらイクスは口にする。

「お前の方が顔色悪いじゃん。なんだよ、ゲームでも見せないような顔してよ……まぁ、殺されそうになったらそうなっちゃうんだろうけどさ」

よく分からない単語が出てきたが、指摘することはない。

何せ、セレシアの内心は別の言葉でいっぱいだったからだ。

「どう、して」

「ん？」

「どうして、私を助けてくださったのですか？」

確かにイクスは変わった。

しかし、自分の知っているイクスは自分以外どうでもいいと思っているクズだ。

貴族の人間ならともかく、一介の使用人がどうなろうと気にせず、自ら危険な場所に飛び込んだりしない。

だが、今向けている顔は明らかに心配が混ざっていて……自分《イクス》が気分が悪くなるようなことを、自分《セレシア》のためにしてくれた。

分からない。

不安な眼差しがイクスへ注がれる。

すると、イクスは少し目を泳がせたあと、セレシアに向けて――

「はっはっはー！　単にセレシアに俺の実力を見せつけたかっただけだ！　どうだ？　俺だってかなり成長してるだろ!?　流石に君は背中にグサッはしないよな!?」

イクスにとって、セレシアは自分の唯一の味方。

それはゲームの時に知ったことで、転生してから一年で改めて知ったことでもある。

しかし――

『ゲームでは味方なまま居続けてくれたけど……ワンチャン、シナリオが変わって裏切るとかないよね？』

いつ見限られて背中を刺されるか分からない。

一年が経ったとはいえ、イクスは過去にセレシアにも酷いことをしていたのだ。

今更媚《こ》びへつらっても、恨み辛みがなくなるとは思えない。

故に、敢えて実力を見せつける。こうすることによって「あ、刃向かえない」と思わせ、今以上に味方になってもらう。

その機を今まで窺っていたのだが、本当に偶然にもこの瞬間に訪れたのだ。

それと、もう一つ。

「……まぁ、流石に目の前で困ってる女の子がいたら体が勝手に動いちゃったというかなんというかっていうのもあ……やっぱこれはなしで」

セレシアは思わず呆けてしまう。

気恥ずかしそうに、視線を逸らしてボソッと呟いたその言葉。

クズだと、最低だと、罵られるような男には到底思えない。

明らかに、優しさが見え隠れした瞬間。

(あぁ……本当に)

ふと、セレシアは自分の心臓が激しく高鳴っているのに気づいた。

だが、おかしいとは思わない。

どうしてか、この高鳴りは酷く納得できるもので――

(ご主人様は、本当に変わられたのですね……)

見上げるセレシアの瞳は、どこか熱っぽかった。

この時こそ、単に恩義だけで生きていた最強のキャラクターの感情が変わった瞬間。

ただの戦争孤児のメイドが、イクスの専属メイド・セレシアに生まれ変わった瞬間である。

――これが、転生してから一年後のお話である。

◆◆◆

『カレイドリリィ・アカデミー』は裏ルートが存在しない。

ステータスを上げるには地道にレベル上げを行う必要があり、経験値も実戦でしか培われないのだ。

加えて、いくらゲームとは言えどここが現実。

目に見える数値はどこにも存在せず、筋力や体力、知力を上げるためには鍛錬や勉強を繰り返し

ていくしかない。

とはいえ、ゲーム時代の知識があるのとないのとでは雲泥の差。

こうすれば、効率よく魔法を覚えられる。こうすれば経験値が積める。

知識があれば脇道など逸れず、普通に鍛えていくよりも早く誰にも殺されない最強への道のりを歩くことができるのだ――

「ふぅ……ふぅ……」

転生してから三年。

イクスの日課は、早朝のランニングから始まる。

早く起きて、着替えて、顔を洗ってから。

屋敷の広大な敷地を、使用人達の視線を時折浴びながら走り回る。

(いいぞ……だいぶ体力もついてきた！　あのぽっちゃり体型の時とは比べ物にならんな！)

三年も経てば、この世界にも慣れてしまうものだ。

日本では見ることのない景色や常識、あり得ないであろう魔法まで。

未だに慣れたくはないが、必要な時に盗賊や魔物まで逃げずに殺し、順応できるように努力してきた。

これも、イクスの執念が成せる業だろう。死なないためにも、やれることは全てやってきた。

おかげで運動神経皆無な体型もスリムボディに変わり、好青年一歩手前へとジョブチェンジ。

あと、もう一つ変わったことと言えば――

「ふふっ、一生懸命なご主人様の可愛らしい横顔を毎朝見られるなんて……私は幸せ者です♪」

横を並走している銀髪美人。

三年も経てば、イクスの専属メイドの少女も美しく変わる。

愛らしい顔立ちも綺麗になり、同性までもが羨む抜群のプロポーション。

すでに、街を歩けば誰もの目を惹くほどの美姫へと成長していた。

「お前は、本当に……朝から、何言ってんの……！　ってか、一緒に走ってるのに、なんで……余裕なの……!?」

「あらあらご主人様、あと三周残っていますよ。この程度で息を荒くしてどうするのです？　メイドに負けっぱなしでいいのですかやーい♪」

「お、女の子に負けてたまるかぁぁぁぁぁぁぁぁぁぁぁぁぁぁぁぁぁぁぁぁぁぁっ！！！」

スピードアップ。

負けじとペースを上げるイクスに、セレシアは小さく笑いながら横を一緒に走っていく。

なお、まったく息は上がっていない模様。

『またイクス様が走ってる……』

『ねー、もう見慣れちゃったよね』

『最近じゃ怒ることなんて滅多にないし』

『それに、あんまり他人に興味を示さないセレシアちゃんがあんなに懐いてるなんて、いつ見ても不思議よねぇ』

『初めは何やってるの？　って思ったけどさ、結構真面目でつい応援しちゃうんだけど。あとでタオル持っていこうかな？』

『どうせセレシアは用意してるわよ。それに、仕事奪っちゃったらセレシア不機嫌になるわよ？』

通り過ぎたメイド達からそんな声が聞こえてくる。

しかし、走ることに夢中なイクスは気づかず、ただただ女の子に負けないよう足を進めた。

「セ、セレシアに負けているようじゃ、圧倒的強者など夢のまた夢！　俺は頂点に立つ男ぉぉぉぉぉぉぉぉぉぉぉぉぉぉぉぉぉぉぉぉぉっ！！！」

「そんなにお強い方が学園に入学されるのですか？　ご主人様も、充分に実力が上がってきているように思えますが……」

というより、セレシアとしては「イクスに勝てる同年代などいるのか？」なんて思っている。

剣単体や基礎体力だけで見れば、セレシアの方が上。

しかし、魔法ありの実戦ともなれば、すでにセレシアが敵わないほどイクスは実力をつけてきている。

それこそ、もう駐屯している騎士全員を同時に相手にしても勝ててしまうほどだ。

セレシアも、自分のスペックがバグっているのは自覚しており、だからこそイクスが危惧するようなことがあるのか疑問に思ってしまう。

「いる!! きっと! 恐らく! 多分! そういう奴らに殺されないように、俺は強くなるんだ!」

息を荒くしながら、気合いを入れるように叫ぶ。

「……ふふふ、そんで二度と逆らえないように実力差を教えてやるんだ。大嫌いな俺に手も足も出なかった主人公達の悔しがる姿とか想像しただけで涎が出てくるぜ……ッ!」

「なるほど……イクス様らしい発言。まぁ、ご主人様がそう仰るのであれば、私は付き従うのみです」

残りの三周を走り回り、息を荒くしたイクスにセレシアはタオルと水をそっと手渡す。

「っていうか、今自分の力がどこまでなのか分かってないしな。ずっと鍛錬ばっかりで社交界になんて顔を出してないし、刺されたら嫌だからそういうイベントも逃げてたし」

「私も、ご主人様と同年代の方がどれほどの実力をお持ちなのか具体的には知りませんが、そういう面では鍛錬し続けているのは問題ないかもしれませんね」

「そうだろう、そうだろう……うん、俺の進む道は間違っていない! 残り僅かな時間も、夕日に向かって走り続けるスポコンのように鍛錬あるのみ……ッ!」

「ご主人様、メイドとのイチャイチャの時間も残していただけると助かります」

「男は狼さんなんだ、そんな勘違いしちゃいそうなセリフはやめなさい」

ぶーっ、と。

セレシアは頬を膨らませて不機嫌アピールを見せる。

その姿を見て、タオルで汗を拭きながら──

(セレシアってこんなキャラクターだったっけ？　無表情で淡々としているイメージがあったんだが……なんかここ数年で変わってきたよな)

確かに実力を見せつけたりはしたが、それでこんなに変わるものかと。

イクスは首を傾げながら頬を掻く。

「それで、ご主人様。本日の朝食なのですが……」

「あぁ、父上と同席だろ？　どうせ学園の話とかな気がするなぁ」

「最近のご主人様は大人しいですからね、昔みたいに涙浮かべるまで鞭と鞭の説教とかもないでしょう」

「……あの時は酷かったなぁ。新しい性癖が目覚めていたら、絶対飴ちゃんをくれなかった父上のせいだ」

セレシアはイクスの口元に水筒を当て、さり気なく飲ませてあげる。

なんとも甲斐甲斐しいメイドさんだ。

「強いて怒られるとすれば、貴族らしいことしてないぐらいかな？　ずっと剣振ったり魔法書読んでたりだったし……ヤバい、なんか想像したら一気に行きたくなくなった。脳内に鞭と鞭が……」

「怒られてしまった場合は、可愛い女の子の膝枕をご用意しておきますね。デキるメイドは、一緒になでなでもしてあげます♪」

「……あ、うん。デキるメイドは自分で『デキる』って言わないんだけど嬉しいよありがとう」

メイドからの慰めが待っている。

その割には表情が疲れ切っているような気がするが……とりあえずはランニングしたからということにしておこう。

イクスはタオルをセレシアに渡し、屋敷の中へと戻っていくのであった。

◆◆◆

「怒られた」

朝食を食べ終わり、現在伯爵領にある森の中。

そこで頬を膨らませ、不機嫌アピールをしてみせる悪役くん。

どうやら、怒られないと思っていたはずなのに父親から怒られてしまったようだ。

「学園に入るまであと少しだってのに、チラッとその話になっただけであとは全部怒られた」

「それはどうしてなのですか？　最近のご主人様は何もしていないはずですのに」

セレシアが剣を拭きながら首を傾げた。

近くには狼のような魔物の死体が転がっており、サラリとメイドの戦闘力の高さが窺える。

「……要は何もしなさすぎたからだってさ。自分磨きも程々にして他人との関係を磨けとかなんとか」

「なるほど、先日もパーティーを断って魔物の討伐に勤しみましたものね。せっかく聖女様がこちらに足を運んでくださったというのに」

「交友関係を磨いても泥が出てくるだけだって。服に汚れがついて一生落ちなくなるだけなんだって」

交友関係がすでにドロドロになっているイクス。

確かに、パーティーに参加したところで遠巻きに馬鹿にされるだけだ。

「ぐぬぬ……俺だって拳を振り回せるイベントがあったら喜んで行くのに！　なんだよ、ダンスが上手い人が拍手される場所って!?　パーティーなんか行っても、俺の実力を見せつけられないじゃんッ！」

「まぁ、ご主人様の目的には似つかわしくありませんが」

イクスは別に他人と仲良くなりたいわけではない。

仲良くなれるに越したことはないが、仲良くなれるビジョンがそもそも見えないのだ。

故に、実力を見せつけて逆らえないようにする……逆らってくる人間を倒していく。

それができないパーティーに行ったところで、ただセレシアと壁のお花になるだけである。

「お、思い返したら腹が立ってきた……ッ！」

「膝枕をして差し上げましたのに」

「それとこれとは別なのだありがとうございました！　ちくしょう、このやり切れないイライラ

「……ちょっと殴りやすそうなサンドバッグを探してくるッ！」

むしゃくしゃした感情は発散するに限る。

悪役らしいセリフを残したイクスはそのまま森の中へと消えていき、メイドはその姿を追うことなくせっせと魔物の中にある魔石を回収していった。

「まったく……ご主人様もご当主様のことを気にしすぎなのです」

あんな男のことなど右から左に聞き流せばよろしいのに、と。

イクス以外に関心がないセレシアは、一人置いてけぼりにされて少しだけ唇を尖らせる。

「あら、そういえば」

ふと、魔石を回収していたセレシアは思い出す。

（ここ一帯の魔物の生態が少し変わってきているという話を、騎士のどなたかが仰っていましたね）

生態が変わるということは、現れる魔物の強さに変化が生じるということ。

これは単純に、魔物間で発生した食物の連鎖に亀裂が走ったから。

どこかで弱い魔物が狩り尽くされれば、強い魔物は移住する。強い魔物が討伐されれば、弱い魔物ばかりが集うようになる。

そういったことから、一帯に広がっていた生体に変化が生じるのだ。

（強い魔物か弱い魔物か、どちらに生態が変わっていったのかは分かりませんが……）

まぁ、今のご主人様ならなんの問題もございませんね、と。

セレシアは換金してイクスと美味しいものを食べるために、せっせと魔石を回収していくのであった。

◆◆◆

「はっはっはー！　死ねや害獣こんちくしょうがァアアアアアアアアアアアアアアアアアアアアアアアアアッツッ！！！」

イクスの振るう剣が血飛沫を上げていく。

実力を上げるためには、実戦が一番。実際に命のやり取りを行うことによって、体に技が沁み付き、戦闘においての判断能力が培われる。

の割に生徒の殆どは実戦経験に乏しく、こうして狩りをしている人間など数えるほどしかいない。

当初は、イクスも動物を殺すことに抵抗があった。

しかし、実力差をつけるためには誰もがしていないことをするべき。

そのため、悪党も倒し、魔物も涙を浮かべながら必死に向き合って剣を握り続けていた。

おかげで、今ではみるみる実力がついていき……その、嬉々として魔物を憂《う》さ晴らしの対象にすることにも抵抗がなくなってしまっていた――

「食らえッ！」

イクスの指から赤い線が伸びる。

それを目の前から襲ってくる魔物の体へと振り抜く。

線の通過。赤い線が魔物の体に触れた瞬間、激しく体が燃え上がった。

魔物の悲鳴が森の中に響き渡る。しかし、イクスは気にした様子もなく先を走り続けた。

「ふふふ……もうここら辺の魔物じゃ相手にならないぐらいに成長したぜ。昔は一匹倒すだけでも苦労したっていうのに……フッ、これも執念の成果！」

確かに、イクスは涙を浮かべながらも命のやり取りを繰り返し、慢心することなく日々鍛錬に勤しみ続けてきた。

成長するのは当たり前。イクスの執念があったからこその今とも言える。

「しかし、まぁ……」

ふと、イクスは足を止める。

「同じやつばかり倒しても経験値が得られないのはネックではあるなぁ」

似たような魔物を倒したところで、慣れるだけ。

緊迫感がある戦闘だからこそ、体に沁み付くような経験値が得られる。

(学園に入る前にもう少し頑張ってみたい感はある。これから出会うヒロインや主人公と差をつけるためにも)

そう思っても、この一帯に出てくる魔物の力などたかが知れている。

今のイクスにとっては、あまりに造作もない――

『あー、もうっ！　ほんと、最悪……ッ！』

そう思っていた時だった。

ふと、イクスの背後を誰かが通り過ぎていったような音が聞こえた。

すると、またしても聞こえてくる大きな音。

木々を踏み倒し、地面に穴でも空けんばかりの揺れ。

先程まで聞こえなかったその音が聞こえてきたということは、違う場所からやって来たということだろう。

イクスは気になって振り返る。

そのタイミングで、頭が三つもあるキメラのような魔物が横を通り過ぎていった。

「ふむ……」

イクスには目もくれなかった。

ということは、初めに聞こえた音の主を追いかけている最中なのだろう。

弱い魔物を餌として狙っているのか、もしくは怒って追いかけているのか。

ただ、聞こえてきた初めの足音は人のもの。

顎に手を当てて、イクスは少しばかり逡巡する。

（見るからに今まで倒してきた魔物よりも強い。だが、だからこそ経験値も多く得られるに違いない）

それに、と。

追われているのが人だということが頭を過《よぎ》り――

「…………」

大きく息を吸い、手元の剣の感触を確かめる。

「見逃す理由、なしッッッ！！！」

イクスは獰猛《どうもう》な笑みを浮かべながら、一目散に木々が踏み倒された跡を追っていった。

◆◆◆

森の中を必死に走る。

慣れない場所、整備もされていない道。いつもより走り難いのは当たり前だが、そもそも自分は普段必死に走る必要などない女の子。

――当然、背後に迫る魔物から逃げ切れるわけがない。

「あーっ、もうほんとに最悪ッッッ！！！」

艶やかな茶色の髪を揺らす、愛らしい少女。

カーマイン侯爵家のご令嬢であるアリスは、大きく叫びながら慣れない場所を走り続ける。

腰には剣が携えられているものの、鞘から抜き出す様子もない。恐らく、抜くよりも走る方に専念しているのだろう。

ただ、空いている手が握っているのは同じく女の子の小さな手。

「はぁ……はぁ……申し訳、ございません……私のせいで……」

その少女は珍しい金の装飾をあしらった修道服を着ており、ウィンプル越しにはアリスと同じ愛らしい端麗な顔が窺える。

ただ、その顔は苦しそうな表情で染まっており――

「聖女様のせいではありませんよっ！　あのクソ馬鹿なお坊ちゃんのせいです！」

聖女と呼ばれる少女の手を引きながら、アリスは少し前のことを思い出し内心で舌打ちする。

(勝手に聖女様をパーティーから連れ出したかと思ったらこれ……自分達は肝心の聖女様を置いて逃げちゃうしさぁ！)

ここに来るまでは散々だった。

聖女――エミリアにいいところを見せたい貴族子息が森に連れ出し、魔物を討伐するところを見せようとした。

その矢先に後ろから巨大な魔物が現れ、男達はエミリアを放置して一目散に逃げていってしまった。

心配で追いかけていなければ、世界的な宗教の象徴であるエミリアの命があったかどうかも分からない。

もし何かあれば、確実に戦争へと発展しただろう――

(あいつら、生き残ったら絶対にぶん殴る……ッ!)

ただ、どうやって?

いつ追いつかれるかも分からない相手からどうやって逃げる? あの魔物をどうやって倒す?

アリスも魔法は使えるし、剣も多少なりは扱える。

だが、今の今まで一度も実戦など行ってては――

『Gyaaaaaaaaaaaaaaaaaaaaaa!!!』

「ッ!?」

魔物の鋭利な爪が振るわれ、吹き飛んできた木がアリスの体を襲う。

咄嗟にエミリアを庇ったものの、拍子に二人共が地面へと倒れた。

「ま、ず……ッ!」

後ろを振り返ると、すぐそこには頭が三つもある魔物の姿が。

恐怖を体現しているかのような巨体に、アリスはエミリアを抱き締めている力が自然と強くなる。

(どうしたら!?)

どうしたら、この場から抜け出せ――

「おいコラ、逃げんな経験値《バケモン》ッッッ!!!」

そう思っていた時だった。

魔物の上から、一人の少年が剣を振り下ろしながら現れた。

「さぁ、戦《や》ろうかクソ汚物《オブジェ》！　お前、絶対に強いだろ!?」

その少年は見覚えがある。

最近は顔を出したことがないが、昔何度かパーティーで。

しかし、その少年は誰もが知っている悪名高いクズで――

「かった……ッ!?」

剣は振り抜けない。

頭に当たったものの、すぐに鋭利な爪が少年――イクスの体を捉え、吹き飛ばされていった。

「あー……クソ、いでぇ……！」

イクスは立ち上がったものの、持っていた剣は粉々に砕かれ、破片がそこら中に散らばっている。

それでもイクスは口元を吊り上げると、指先から赤い線を魔物目掛けて振り抜く。

触れた瞬間の発火。激しい熱が一帯を襲うが、魔物は気にした風もなくイクスの体を目掛けて突進を始めた。

「ふざけ……ッ!?」

火が効いていないことに驚いたのか、一瞬生まれた思考の空白によって避け切れなかった体当たりがイクスを襲う。

何度も地面をバウンドし、やがて木を薙ぎ倒して体が止まる。

額からは血が流れ、片腕も目を逸らしたくなるような方向へと向いていた。

(あの怪我は、絶対にヤバい!)
乱入のおかげで、魔物の意識はイクスへと向いている。
今のうちに逃げ出せるのは逃げ出せる。しかし、アリスの中で罪悪感が湧き上がる。
自分達を狙っていた魔物なのに、と。
アリスは唇を噛み締め、エミリアから離れて震える手で剣を抜いた。
「も、もういいからっ! あなたは逃げて! あ、あとは私が……ッ!」
声が聞こえたのか、イクスの顔がアリスへと向く。
少し驚いたような顔をしていた。
しかし、すぐさま唇を噛み締めて立ち上がり、拳を握る。
「うる、せぇ……黙ってそこで見ていろ」
まだ戦おうとしている。
あんなに満身創痍になってまで、拳を握っている。
(な、なんで……)
どうして? アリスの頭に疑問が浮かび上がった。
だって、彼は誰もが認めるようなクズで。
使用人達に罵声を浴びせていたのを目撃していて。私自身も恥を掻かされて。
自分さえよければいい。

そんな愚者を体現したかのような人なのに――

「ここで、戦わなきゃ……絶対に後悔するッ！」

しかし、彼《イクス》は。

口から血を零しながらも、真っ直ぐにこちらに向かって笑った。

「いいからそこで見とけや、お姫様《ヒロイン》が……」

イクスが拳を合わせた瞬間、その間から赤黒い光が生まれた。

動かなくなった腕を鞘代わりにしているかのように片腕を引き抜いていくと、光も同じようにゆっくりと伸びていく。

「お、れは……最強の悪役《イクス・バンディール》だ」

アリスも、傍で見ていたエミリアも知るはずがない。

――ガスバーナー。

ガスを噴射し、一度に熱を生み出す装置。

そこから着想を得、緑属性の風魔法を加えて改良されたイクスの炎魔法。

ただガスバーナーとは違い、吹き出しているのはガスではなく方向を調整するための単なる風。

その代わりに、この魔法の肝となっている引火させるための火種の代わりとなっているものは――

「悪が示す断罪手段は溶岩である《イクス・ヴァンセ》ッッッ！！」

溶岩。摂氏900度から1100度の致死の熱を孕んだブレードを振り抜く。それだけ。

確実に命を絶つために、三つもある頭が重なった箇所へ真っ直ぐに。

すると、魔物の頭は確かに燃え上がり、沸騰しているかのような断面を残して地面へと落ちていく。

――これが決着だというのは、続けて崩れ落ちた魔物の体を見て分かった。

立っているのは、白髪の少年。

満身創痍でありながらも、決して膝を突く様子はない。

その姿に何故か……アリスは目が離せなかった。

（な、なんだろ……これ）

安堵はもちろんある。

あの巨体の猛威がいなくなり、命の危険が過ぎ去ったのだと恐怖感から解放されたから。

でも、イクスから目が離せないのはきっとそういう理由ではないと思う。

そう、これは――

「英雄《ヒーロー》、様……」

エミリアがボソッと口にした言葉。

同じように魅入って目が離せない少女と同じことを、アリスは思ってしまった。

（あれが、イクス・バンディール……？）

自分が知っているクズの少年ではない。

まるで、彼の今の姿は――御伽噺《おとぎばなし》に出てくるような英雄《ヒーロー》であった。

◆
◆
◆

イクスは天を仰ぐ。

澄み切った青空に、微かに漂う黒い煙。

小鳥の囀りも少しの時間が経てば聞こえてくるようになり、どこか香ばしい焦げた匂いを運んだ風が肌を撫でる。

そんな中で、イクスは――

(いだアアアアアアアアアアアアアアアアアアアアアアアアアアアアアアアアアアアッッッ!?)

泣きそうになっていた。

それはもう、気持ち的には大声自慢の大会を開いて一等賞を狙いたいぐらいには叫び出したかった。

(痛い痛い痛いッ! やっぱり痛い! 慣れたつもりだけどやっぱり慣れない超痛いこの前まで平和な世界で生きてたボーイには辛いよこれ!?)

しかし、イクスは唇を噛み締めてグッと涙を堪《こら》える。

ここで悲鳴を上げてしまえば、弱音を吐いたのも同義。

この世界で誰よりも強くなると決めた男は、腕どころか肋骨《あばらぼね》が折れていようとも挫けてはいけないのだ。

（だ、大丈夫……あそこで逃げるよりかはマシ。思っていた以上に強かったとしても、立ち向かわず経験値が取れなかった方が後悔してたッ！）

実際問題、あの魔物は並みの騎士が大隊を組んで討伐するほどの強さ。

騎士が一人で倒すような魔物しか現れない場所で「予想外の強さ」を目の当たりにしてしまうのは仕方がないこと。

いくら「新しい魔物を倒したい」と思っていても、本来であれば一人で立ち向かうことすらおかしい相手なのだ。

それを満身創痍で済んで討伐できた……充分に凄いことである。

（フフフ……これで俺は間違いなく強くなった。この経験こそが俺の血肉となるッッッ！！！）

そして、こんな怪我でも笑っていられるイクスは本当に凄いと思う。

（ただ、もう魔力がすっからかん……今鬼ごっこが始まったらすぐに両手を上げて降参よ。最後のやつは威力の割に燃費が悪い魔法だし、これからのことを考えたら改良か魔力の底上げが必須項目だなぁ）

自分の課題を改めて認識したイクス。

帰ったら特訓しよ、なんてことを怪我をしているにもかかわらず思っている少し頭のネジが飛んだ少年は、ようやくチラリと横を向いた。

（っていうか、マジで驚いた……まさか学園が始まる前にヒロイン二人に会うなんて）

侯爵家令嬢――アリス・カーマイン。

世界最大宗教、教会が誇る聖女――エミリア・ガーレット。

どちらも学園で出会うはずのゲームのヒロインで、それぞれがイクスを制裁するキャラクターである。

アリスは学園でイクスに惚れられ、執拗な嫌がらせを受け、最後には我が物にしようと誘拐されるところを主人公に救われる。その後、諦め切れなかったイクスは闇ギルドにもう一度攫《さら》うように依頼。最後は企みが露見し、成長したアリスに殺される。

エミリアは学園で過ごしていただけで、自分よりも人気なことをイクスに目をつけられ、虐めを受ける。

しかし、エミリアは嫌がらせに屈することはなく、最終的に主人公にも嫉妬して闇堕ちしたイクスを聖女として主人公と一緒に討伐した。

現時点では、話によると転生前のイクスは聖女であるエミリアとだけ関わっている。

もちろん、社交界のパーティーなどでアリスと顔は合わせているのだろうが――（学園に入る前に会ってしまった……これも、俺がどのキャラクターのシナリオでもしないようなことをしていたからか？）

イクスが実戦経験を積むため森にやって来なければ、そもそも出会うことはなかっただろう。

これに関して言えば、間違いなく変わってしまった展開。

しかし、開き直った悪役《イクス》は気にしない。

（シナリオなんてどうでもいい！　どうせ、そもそも好感度最悪なんだし！）

イクスはもう一度二人を見る。

そして、すぐさま背中を向けて堪え切れなかった笑みを浮かべた。

（ヒロイン達がいたことには驚いたが、好都合だった！　何せ、実力を見せつけられたからな！）

二人が逃げ出すような強い魔物を倒した。

それはつまり、二人よりも強いことを意味しており、こうして目の前で倒し、しっかりと見せつけたことによって力量の差を分からせることができたはずだ。

（その証拠に、お嬢さん方も俺の姿を見て固まっておるわい……！）

きっと、自分達が嫌っていた男が自分達よりも強くて驚いているのだろう。

本来のイクスは、怠けてばかりで「強者」とは縁遠い場所にいた人間。

認識の齟齬《そご》に驚愕して放心してしまうのも無理はない。ただ、どこか熱っぽい瞳を浮かべているのが気になるが——

（まぁ、でも……）

助けられてよかったな、なんて。

少しだけ、今している行為とは矛盾した感情を抱いてしまった。

(……ハッ！　いや、いやいやいやいやいやいやいやっ！　なんだこの悪役《ヒール》に似つかわしくない感情は!?)

助けるためじゃない、見せつけるためなのだ。

確かに、火も剣も通らない相手だと分かった時点で逃げたかった。

あんな思い付きで作っただけの燃費の悪い魔法を使いたくはなかった。

魔力がなくなれば、死一択。それであれば、生き残るために逃げ出すべき。もしくは、切り札《ジョーカー》を切るしかない。

しかし、自分が立ち向かったのはあくまで経験値と、ヒロイン達に自分の実力を見せつけるため。

そこで秘匿すべき実力の底を見せるわけにはいかなかった。

燃費の悪い魔法を使ったのは、あくまで派手な演出を魅せることで実力差をハッキリ分からせたかったから。

そういうわけで目的のために最善を尽くした結果、少しばかり苦戦しただけだ。

助けるためなんて甘い考えでは、この先生き残ることなんてできない――

(お、落ち着け……そうだ、これはあくまで自分のため。決して他人のためじゃない！)

イクスは内心で胸を張る。

(文字通り怪我の功名だった、うん！　とりあえず、このヒロイン二人の破滅フラグは大丈夫だろう！)

流石に刃向かってはこないはず。

そう思い、イクスは二人に背中を向けて歩き始める。

（多分、我に返ったら相当悔しそうな顔をするんだろうなぁ……本当は見てみたいけど、ヤバい流石に早く治療したい普通に痛いッ！）

涙が浮かび始めた、これはマズい。

イクスは進めた足を速めて、早々にセレシアに治療してもらおうと心に決めたのであった。

◆◆◆

立ち去ってしまった。

何を求めるわけでもなく、何も言うこともなく、ただただ助けただけ。

己が満身創痍になっているにもかかわらず、弱音すら見せないまま。

本当はお礼を言いたかった。

だが、何故かその背中を見ていると口が開かず……どうしても魅入ってしまう。

（なによ、もう……何も言わずに立ち去るなんて――）

そんなの、本当に御伽噺に出てくる英雄《ヒーロー》のようではないか。

「あの方は、イクス様……ですよね？」

横にいるエミリアが、自分と同じ眼差しを浮かべながらそんなことを口にする。

確か「神はいない」と言われ、イクスに水をかけられたという話を聞いた。

そんな少女が今、乙女のような顔をしている。

アリスはようやく我に返り、少しばかり驚いてしまう。

しかし、どうしてかエミリアの気持ちが分かってしまうため、聞き返すことができなかった。

「英雄《ヒーロー》様……」

ボソッと、アリスが答える間もなくエミリアが溢《こぼ》す。

アリスもまた、激しく高鳴っている胸を押さえて同じく言葉を溢してしまった。

「かっこ、よかった」

その言葉は、姿が見えなくなってしまったイクスに届くことはなく。

ただただ、静寂が広がった森の中へ消えていったのであった。

◆◆◆

「はぁ……まったく、ご主人様は」

ぐるぐると、セレシアはイクスの腕に包帯を巻いていく。

頭や胸、足にまで同じような包帯が巻かれており、傍から見るとかなり痛々しい姿だ。

そんな子供のやんちゃでは済まない怪我を追ったイクスは現在、自室のベッドで寝かされていた。

「ふふふ……あれだね、文明格差があるとしてもファンタジーって凄いよね。骨折とかしたのにもう腕が動くや」

「何を仰っているのかよく分かりませんが、治癒士の魔法はただ骨を繋《つな》げただけで動かしてはダメですからね」

「うぅ……」

「夜な夜な一人でナニする時も、必ずメイドを呼んでください」

「呼ばねぇよ!?」

そこまで世話されるつもりはない。

「しかし、ご主人様がここまで怪我をされる魔物が現れたとは。あの時、追いかけていればご主人様がこのような怪我をすることも……ッ!」

「いやいや、いたとしても俺の獲物だし、セレシアには控えてもらってた――」

「私は今日という日ほど悔いたことはありませんッ!」

「テンションの落差が酷くて慰め方が分からない」

先程まで甲斐甲斐しくお世話をしていたというのに。

今の顔は、剣を手渡せばすぐさま自分の首を切ってしまいそうなほどであった。

(合流した時はほんと、凄かったもんなぁ……)

治療してもらおうとセレシアに合流。

すると、セレシアは「大丈夫ですか、ご主人様!?　腕があらぬ方向に……あぁ、頭まで！」と、すました顔とは縁遠いほど慌てた。

それはもう、転生前含めての人生で初めてのお姫様抱っこを奪われるほどに。

「ま、まぁ……俺も自分でやったことだしさ、ぶっちゃけ気にしないでほしいわけなんだが」

「……昔のご主人様であれば、この段階で私の血でカーペットが汚れていましたのに」

確かに、昔の傍若無人が激しいイクスであれば、駆けつけなかったセレシアに対して酷い罰を与えていただろう。

しかし、今のイクスがそうすることはない。

むしろ「自分で自分の血をぶち撒かないか？」なんて心配するほどだ。

「それで、ご主人様」

「ん？」

「無事に助けられましたか？」

なんでそんなことを聞くんだろう？

よく分からず、イクスは思わず首を傾げてしまう。

その姿を見て、セレシアは——

（ふふっ、やはり自分の優しさに気づかれていらっしゃらないですね）

自分を助けてくれた時と一緒。

体が誰かを助けるために動いてしまう。

もちろん、イクスが自分で言っているように「自分の経験を積むため」というのも理由としてあるだろう。

しかし、その中にひっそりと滲んでいる優しさ。

そこに自分も救われた。

恐らく、今回も「経験を積むため」だけではなく、その優しさが働いたのだろう。

あくまで勘。

しかし、救われたからこそそう思ってしまうわけで——

(まぁ、ご主人様のそういうところを知っているのは私だけというポジションも、正妻感あっていいのですが♪)

言わないでおこう。

その方が互いにいい気がするし。

セレシアはいつになく上機嫌な笑みを浮かべて、テーブルに置いてある林檎を剥き始めた。

「そういえばさ、学園に入る準備とかできてんの?」

そろそろ学園に入る頃合い。

ゲームをやっていた時はそもそも学園から始まっていたので、それまでにすべき準備などは描かれていなかった。

今日まで、研鑽《けんさん》ばかりで何もしてこなかったイクスはセレシアに尋ねる。

「ご安心ください、ご主人様。私は強くて超絶可愛い女の子ではありますが、メイドとしての職務を忘れたことは――」

「あぁ、確かにめっちゃ可愛いよな」

「…………………………ご主人様のばかっ」

「何故に!?」

自分で言ったことなのに、と。唐突な「馬鹿」発言に驚くイクス。

しかし、自分磨きばかりに勤しんで乙女心など学んでこなかったイクスは知らない――これはボケで、正面から肯定されると嬉しさと照れが押し寄せてくるということを。

セレシアは顔を真っ赤にしたまま、誤魔化すように咳払いをした。

「ごほんっ！　と、とにかく……ご安心ください。いつでも通えるように制服から必要品まで準備は整っております」

「おぉ、流石！　ありがとうな、セレシア！」

「いえいえ、これもメイドとしての務めですので。あとでなでなではしていただきますが」

「腕が治ったらしてやるよ」

やった、と。

セレシアは可愛らしくガッツポーズを見せた。

「しかし、まぁ……一介の平民である私がご主人様と同じ学園に通う準備をするというのも、不思議な気分です」

あーん、と。

剝いた林檎をセレシアはイクスに差し出す。

「あーん……いや、俺は嬉しいぞ？」

だって、味方が増えるし。

ゲームでもセレシアは生徒として学園に通っていた。

ここで流れが変わり、唯一の味方を失うのはイクスとしては喜ばしくない。

むしろ、嫌われたままの状態で清涼剤があるのとないのとでは雲泥の差。セレシア単体でかなりの戦力になるし、これから破滅フラグオンパレードな場所に足を運ぶ身としては、セレシアの存在は助かるものだ。

「ご、ご主人様にそう言っていただけるなんて……！　平民に与えられる特別枠確保のために試験官をボコした甲斐がありますっ！」

「………」

ゲームじゃ、こんな理由じゃ絶対なかったよなぁ。

なんてことを思いながら、イクスは剝いた林檎をセレシアに食べさせてもらうのであった。

学園入学

舞台である学園——カレイドリリィ王立学園は寮住まいと登校組に分かれる。

それは単純に距離の問題で、毎日登校することが困難な人は三年間の学生生活を寮で過ごす。

舞台となる学園は王国一の規模を誇っているため、王国中の至るところから貴族の子供や才能ある平民の子がやって来るのだ。

(こうやって改めてみると、ゲーマーとしては感慨深いものがあるなぁ)

入学当日。

登校組であるイクスは聳《そび》え立つ校門を眺めていた。

校門から覗くのは広大な敷地に巨大な校舎。それは、何人収容できるのかと思わず疑問に思ってしまうほど。流石は王家が管轄する、王国一の学び舎だ。

「ご主人様、入られないのですか?」

後ろからカバンを持ったセレシアが声をかけてくる。

その姿はいつものメイド服ではなく、下ろしたての制服。いつもとは違った服装に、どこか新鮮さを感じてしまう。

「……なんかさ、こんだけ広かったらトイレに行く時かなり苦労しそうだよね」

「この風景を見てそんなことを仰れるご主人様であれば、苦労することはないでしょうね」

あとでトイレの場所だけ確認しとこ、と。

イクスはようやく校門を潜り抜ける。

「しかし、分かってはいましたが……ご主人様はやはり注目株の常連さんですね」

セレシアはさり気なく周囲を見渡す。

入学当日。そのため、自分達と同じような下ろしたての制服を着ている生徒達がチラホラ見える。

その生徒達は、自分達……というより、イクスの方をチラチラと見ており――

『おい見ろよ、バンディール伯爵家のあいつがいるぞ』

『チッ……分かっちゃいたが、ほんとに最悪』

『模擬戦とかしねぇかな……そしたら本気でぶん殴れるのに』

ただ学園に入っただけでこの言われよう。

今まで何をしてきたのか、本当に気になってしまうぐらいのヘイトの溜まり具合いだ。

セレシアの足が止まる。

そして、声の聞こえた方へ顔を向け、

「……処しましょうか?」

「君は平和な一幕に何を言っているんだ？」

中々猟奇的なお嬢さんだ。

「ですが……ッ！」

「安心しろ、処すのはもう少しあとだ」

こちらも中々猟奇的な発想をお持ちのようだった。

「失礼しました……そうですよね、学園で学んでいく以上は剣術、魔法、実戦といった授業で必ず戦える機会がございますものね」

「あぁ、ボコすのも処すのも見せつけるのも、そのタイミングで構わない」

無理に荒波を立てることはない。

学園では色々なことを学んでいく。セレシアの言った通り、この世界で生きていく上で必要な武力項目の授業がある。

こうして聞こえてきた声を黙らせる機会など、今から自分で作らなくても勝手にやって来るのだ。

「確かに実力は見せつけたいが、この歳になって教師からの説教なんてごめんだ。悪評だけでなくてお恥ずかしいお話まで風の噂になったらシーツに丸まって引き籠る自信があるぞ」

「意外とメンタルお子ちゃまですね」

「俺は他人が唇を噛み締める姿が見たいだけであって、俺が恥ずかしい思いをしたいわけじゃないッ！」

「その発言はイクス様らしいです」

「フフフ……早く主人公達にこの今の俺を見せつけてやりたいぜ」

どんどん悪役《イクス》に染まってきているようで何よりだ。

「そういえば、ご主人様」

セレシアが懐から一枚の紙を取り出す。

「事前に調べてみたのですが、今年は中々に凄い面子《メンツ》が入学されるようですよ」

「あぁ、そうだな」

「第二王女に、公爵家のご令嬢、噂の聖女様に大陸に広がる有名な商会の娘さん、さらに『勇者の再来』と呼ばれる男までが、この一年に入学されるのだとか」

メイドの少女からしてみれば驚くことなのだろうが、イクスとしては特段驚くようなことではなかった。

何せ、この面子こそがゲームの主要キャラクター。

事前に知っており、その面子に殺されないよう今まで努力してきたのだ。

シナリオが進めば、この学園でそのキャラクターを中心に破滅フラグが生まれるだろう。

殺されないよう、刃向かえない相手だと知らしめる。

そして、逆らってくるようであれば鍛え上げたこの体で——

「その面子をぶん殴る」

「ご主人様、その発言だけだとただの無差別な暴行犯です」

教師から説教を受ける日も近そうだなと、セレシアは思ってしまった。

「まぁ、それは置いといて。実は俺、地味に楽しみにしてるんだよな」

「悔しがる顔を見られるからですか？」

「それもあるが、単にうちよりも魔法書の種類も鍛える環境も揃っているからな。正直、早く色んな施設を見てみたい」

イクスは辺りを見渡しながら、そわそわし始める。

自分磨きのドＭっ子は、どうやらこの学園の充実した設備を思い出して探していらっしゃるようだ。殺されないように鍛えてきたはずなのに、今となっては鍛えることに目がなくなってしまっている。

「であれば、まだ入学式まで時間がありますし……見て行かれますか？」

「おう、早く行こうぜ！」

「今日一の目の輝きようっぷりに、メイドは少しキュンとしてしまいました」

セレシアは少しだけ抱き締めたい衝動に駆られながら、今にも走り出しそうなイクスの背中について行くのであった。

そして――

「ご主人様、もう入学式始まってしまいましたね」

「うん、完全に遅刻だな」

イクス達は、声が聞こえる講堂の外で頬を引き攣《つ》らせていた。

◆◆◆

結論から言うと、サボっちゃいました。

広々とした訓練場、様々な武器が揃う倉庫、何万冊もの魔法書が保管されている図書館。

伯爵家ということもあって実家もそれなりに充実していたが、王国一の学園の設備はそれ以上だった。

生徒も職員も入学式に参列していることもあって人もおらず、イクスのテンションはアゲアゲ。

本を手に取ったり、訓練場で魔法の練習などしていると、いつの間にか入学式が始まってしまっていた。

「……俺が言うのもなんだけどさ、セレシアちゃんのアラームって機能してた？」

「はい、それはもうバッチリと。しかし、ご主人様のはしゃぐ姿を眺めていたいと思い……入学式のために設定した体内アラームはすぐに止めました」

「俺のせいだから変に叱れないのが悲しい」

入学式は講堂の中。

目の前にある扉を開けると入学式に参加できるのだが、明らかに中から聞こえてくる声は真っ最中も真っ最中。

今ここで扉を開ければ注目の的は必然。変に悪目立ちすることは間違いないだろう。

「気にせず中に入ってしまわれますか？」

「そうしたいのは山々なんだが……今入ったら、確実に教師からのお説教間違いなしだろ？　恥かくし面倒臭い」

「教師からの説教はすでに確定事項だとは思いますが」

それはそうだろう。

「私はバッと入ってサッと怒られるのを提案します。鉄は熱いうちに打て……土下座するのも、早い方がいいかと」

「なぁ、怒られる前提は分かるんけど、土下座が前提なのはおかしくね？」

貴族子息が土下座など、何があったのかと卒倒されそうなものである。

しかし、早いに越したことがないのは一理ある。

確かに「すんません、遅刻しました〜」と「すんません、遅刻したんでサボってました〜」とでは、説教の内容に差が出るものだ。

「そういうことなら、さっさと入ってしまおうか！　鉄は熱いうちに打て……だもんな！」

「はい、土下座するのも早い方がいいです」

「だから、なんで土下座が前提なの？」

そういうことで、盛大に遅刻した二人はゆっくりと扉を開け放った——

◆◆◆

それからしばらく。

入学式が終わり、さらには入学説明会も終わった頃……イクスは学園の廊下を肩を落として歩いていた。

「クソ……覚悟はしていたが、この俺が説教を大人しく受けるなんて恥辱極まりない……辛苦が頭の中を支配してしまっているッ！　これは生徒達だけでなく、教師までも実力で刃向かえないようにしなければならないのか!?」

「単にこれからの遅刻を控えればいいかと。ご主人様はこの学園で独裁国家でも造るつもりですか？」

「ですね」

「怒られた」

入学説明会が終わって休憩時間に入ったからか、廊下にはチラホラ生徒達の姿が見える。

何を説明されたか、説教を受けていたので何も知らないイクスはとりあえず自分達の教室へ向かっていた。

「にしても、本当に俺の有名っぷりは凄いな……自分で言うのもなんだが、お忍びの勇者が街へ遊びに来たみたいな構図が完成してる」

入学式に途中で入れば、もちろん注目される。

今までの悪名から先程のことがあったので、イクスは絶賛周囲の視線の的であった。

「どちらかと言えば、魔王が人間界に足を運んだ時の構図なのでは？」

「ふふふ……なるほど、確かに勇者よりも魔王の方が似合ってる気がする」

「今から拳で頂点に立とうとしているのであれば、本当にそちらの方がお似合いですね」

しばらく歩いていると、ようやく自分のクラスであろう教室まで辿り着いた。

イクスは扉を開け、ゆっくり姿を見せる。

すると――

『おい、来たぞ』

『ぷぷっ……入学早々遅刻とか、クズな男らしいな。寝坊でもしたんじゃね？』

『ほんと、同じ貴族として恥ずかしい』

教室に入ると、早速そのような声が。

イクスは気にする様子もなく、そのまま空いている席へ腰を下ろす。

「……言わせておいてもよろしいのですか？」

自然と隣に座ったセレシアが顔を覗き込む。

「構わん……どうせ、俺の実力を垣間見れば自ずと黙る。これだけ散々言ってくるやつが黙らざるを得ない状況になる……これほど愉快なことはない！」

「なるほど、かしこまりました。ご主人様のサドっぷりに敬服いたします」

「……………なぁ、俺ってそんなSっ気ある？」

「ご安心ください。私はご主人様のためとあらば、喜んでMになります」

どこが安心なのだろう？

イクスは思わず首を傾げてしまう。

その時――

「おい」

ふと、目の前に人影が射し込む。

顔を上げると、そこには燃えるような紅蓮の髪を携えた一人の美少女が立っていた。

(確か、こいつは……)

クレア・グレイス。

騎士家系、グレイス公爵家の三女で、ゲームに登場するキャラクターの一人。

攻略するヒロインではないが、主人公と仲良くなって常に仲間として傍にいた。

家柄のせいか、騎士のように規律意識や愛国心が強く、正義感に溢《あふ》れる女の子で――

「仮にも貴族の一員であるのに、初日から遅刻などと……貴様、ナメているのか？」

そんな少女は、額に青筋を浮かべながらイクスを見下ろすのであった。

◆◆◆

まぁ、彼女の仰る通りだ。

王立であるこの学園は、国を代表する学び舎であり、そのほとんどが貴族。

格式と歴史を誇り、これから国を担うであろう若者が足を踏み入れる場所。

皆もそれを重々理解しており、承知の上でこの学園に足を運んでいる。

もちろん、全員がクレアのように意識が高いわけではないだろう。

しかしながら、イクスが気に入らないのか……時折、どこかから「そーだそーだ」などといった声が挙がってくる。

真っ直ぐに向けられる、美少女からの厳しい眼差し。

それを受けて、イクスは――

「えー……さっきまで怒られてたのに、また説教パターン？」

反抗することも反省することもなく、大きなため息をつくのであった。

「ご主人様、またしても土下座のお時間ですか？」

「おっと、あたかもさっきまで土下座をしていたかのような発言はやめていただこうか！　しっかり正座だけで留めた先程の光景をもう忘れてしまったの!?」

「ご安心ください、ご主人様がされる時は私も一緒にします！」

「今後する予定もねぇよ!?」

やんややんや。

メイドの可愛らしいボケにツッコミを入れるイクス。

その光景はなんとも睦まじい、主従の光景であった——とはいえ、がっつり無視をされている女の子がその端に映りこんでいなければの話だが。

「き、貴様ら……ッ！」

あからさまに蚊帳の外にされ、クレアの額に青筋が浮かぶ。

しかし、イクスは未だにメイドとのイチャイチャを止める様子もなかった。

「ふふっ、そういえば今朝珍しい茶葉が届いたと同僚からお伺いしました。放課後、もしよろしければ一緒にいかがです？」

「ふむ……鍛錬後に嗜《たしな》むティータイム。なんとも乙なものじゃないか」

「そうと決まれば、早速合わせのお菓子でも買いに行きましょう！」

このメイドも本当にマイペースである。

「おい、聞いているのか!?」

しまいには、我慢しきれずクレアの怒声が響き渡る。

だが、二人は気にする様子もなく首を傾げた。

「聞いておりませんが？」

「この様子で聞いてたんだったら、俺は聖徳太子になれるぞ」

「……もしかして、貴様らはふざけているのか？」

生徒とはいえ、仮にも公爵家の人間。

そんな女の子相手にこのような態度を堂々と取るのは、恐らくイクス達ぐらいだろう。

だからこそ慣れない対応に戸惑ってしまうクレア。しかし、すぐに首を振って話を元に戻す。

「先程の入学式の話だ！　堂々と遅刻してくるなど、貴様には国を担う一員としての自覚が足りないにも程がある！　まずは、貴族としての自覚をだな――」

「仮に、そういう自覚がないやんちゃボーイだったとしても、さっき説教を受けてきたばっかりなんだ……なんでお前に怒られる筋合いがある？」

「ぐっ……！」

「委員長精神旺盛で夢見る乙女でいるのはいいが、傍迷惑なやんちゃガールアピールとかやめてくんね？」

一理ある発言だったからか、クレアは思わず押し黙ってしまう。

すると、隣にいるセレシアが袖を引っ張り――

「私は傍迷惑なやんちゃガールではありませんよね？」

「君は一体、何を心配しているの？」

本当にマイペースな女の子である。

「……そういえば、先程からそのメイドは一体なんなのだ？　明らかにメイドだろう？」

「はい、メイドですが？」

「であれば、貴様の態度はなんだ？　いくらこの学園が貴族平民の垣根をなくした場所だからといって、主人に対してあまりにも馴れ馴れしいのではないか!?　使用人はあくまで主人の補佐をする立場だろう!?」

クレアの言葉に、セレシアは目を丸くする。

しかし、すぐさま小さく吹き出して、

「ふふっ、おかしなことを言いますね？」

「ッ!?」

「ご主人様に指摘されるならまだしも、何故あなたに言われる筋合いが？　私はあなたに下げる頭は持ち合わせておりませんよ？」

わぁ、すっごい直球《ストレート》。

セレシアの性格は分かっていたものの、あまりの物言いに思わずイクスは感心してしまった。

「き、貴様……流石に不敬だぞ!?」

「不敬罪で処すのであればご自由に。まぁ、権威を振りかざすことのできないこの学園でそもそも私に剣を振り抜ける実力があれば、の話ですが」

クレアとセレシアのやり取りに、教室がざわめく。

漂う剣呑《けんのん》な雰囲気。

それを引き起こしているのが平民で、相手は王族に次ぐ貴族なのだから当然かもしれない。

「……そのセリフ、俺が言いたかった」

「ふふっ、ご馳走様です♪」

しかし、クレアは何か思い出したのか……小さく言葉を漏らす。

「……もしや貴様か、教官三人を試験で倒した噂の平民というのは」

思い当たる節があったクレアは、少しだけ唸る。

貴族でないにもかかわらず、実力だけで特待生の枠を獲得した平民。

それは異例であり、鍛錬ばかりしていたイクスは知る由もないが、一時入学生の間でかなりの噂になっていた。

「……ふんっ、随分な狂犬を飼っているではないか」

「噛みつかない大人しい犬なんだがなぁ」

でも、と。

イクスはクレアに向かって獰猛《どうもう》な笑みを浮かべた。

「別に俺は虎の威を借る狐ってわけじゃねぇぞ？」

「……なんだと？」

「説教してぇんだったら、俺より強くなきゃなぁ？　俺は俺より強いやつにしか従わねぇし、刃向かうことすら許さねぇ」

　つまり、正義を振るうのであれば自分より強いと証明しろ。そうすれば大人しく従ってやる。

　そんな挑発。

　イクスは獰猛な笑みを浮かべたまま、煽《あお》るような視線を注いだ。

　すると――

「……吐いた唾は飲み込むなよ、貴様」

　クレアはイクスに顔を近づけ、キッパリと言い放った。

「その挑発、この騎士家系――グレイス公爵家のクレアが受けてやろう。幸いにして、次は剣術の授業で模擬戦を行うみたいだからな」

「そうこなくっちゃ」

　――己の実力を見せつける。

　煽ったとはいえ、ようやく望んだ展開になったことに、イクスはさらに笑みを深めるのであった。

◆◆◆

まず、それぞれの実力が分からなければ、カリキュラムが組めない。

国一番の教育機関を誇っているからか、その部分の手厚さはしっかりしているようで。

数多くある授業の一つ——剣術の授業が始まり、講師からの伝達通り模擬戦を行うことになった。

そして——

「では、戦《や》ろうか……イクス・バンディール！」

木剣を片手に、訓練場の数あるステージの一つで、クレアはイクスに向かって指をさす。

周囲には、模擬戦待機のための生徒達の姿が。

合同授業であるが故に、その人数は多い——加えて、公爵家のご令嬢とクズと名高い伯爵家の子息が戦うという話が広がったのも、理由として挙げられるだろう。

(ふふふ……ギャラリーの数がいい感じに多いな。セレシアにお願いして話を広めてもらった甲斐があったぜ)

同じステージの上で、イクスは堪《こら》え切れない笑みを浮かべる。

イクスの目的は、あくまで実力を知らしめること。人数が多ければ多いほど、目的に近づけて嬉しいのだ。

「何故笑う？　今のところ、面白い話などないだろう？」

笑っているイクスに、クレアは首を傾げる。

「いやいや、目立ちたがりな男の子にとったらこれ以上の状況はないいんだ……ステージに立って、いっぱいお客さんもいたらアイドルは喜ぶもんだろう？」

「……恥が拡散されるだけだと思うがな」

「そりゃ、蓋を開けてみないと分からんでしょうに」

確かに、クレアの言う通り自分が辛苦を噛み締める可能性もある。

今までセレシアと、よく分からない魔物やら盗賊と戦ってきてはいたものの、同年代の人間と戦ったことはない。

いくら自信があるからといって、戦いがどう転ぶかなど分からないのだ。

(まぁ、負けるつもりはないけど)

それに――

(小馬鹿にする連中の驚く顔と、目の前の女の悔しがる表情を見られるんだ……これ以上やる気が出るご褒美はないいね！)

メラメラと、不思議と何やらイクスから圧が出始める。

クレアは怪訝《けげん》そうに眉を顰《ひそ》めるが、すぐに剣を握り締めた。

「改めて聞くが、この決闘に勝てば本当に更生してくれるのだろうな？」

「更生？　それがお前の望みだったら従ってやるよ。その代わり、お前も従ってもらうけど」

「……何をさせるつもりだ？」

「え、そりゃ――」

言いかけた途端、イクスの口が止まる。

何せ、今普通に勢いで言い返しただけで、ぶっちゃけのところ何も考えていないのだから。

イクスはチラッと、横の最前列で見学しているセレシアへと視線を送った。

「(セレシアさーん！　こういう時、なんて言えばいいのでしょうー!?)」

「(裸にひん剝いて、テラスの入り口に飾る、でしょうか？)」

「(そこまで俺は鬼畜じゃないが!?)」

アイコンタクトで会話ができる高等テクニックで話す内容は、なんとも男の風上にも置けないものであった。

「(では、負けた場合は一ヶ月間の舎弟でいかがでしょう？)」

「(それだ！)」

ゴホン、と。イクスは咳払いをして言葉を続ける。

「俺が勝ったら、一ヶ月は俺の言うことを聞いてもらおう！」

「ま、まさか……私の体が始めから目的で……ハッ！　もしかして、裸にひん剝いたあとに『俺色に染めてやんよ』とか……ッ!?」

「違う違う」

そこまでは言ってない。

「わ、私にあんなことやこんなことをして辱めると!?」

だからそこまでは言ってない。

「（セレシアー！　いけない、なんかこの子いけない香りがするよ!?　具体的に言えば、誤解のせいで望まぬ方向の汚名が背中にくっつくことになるかもー！）」

「（最近の女の子の趣味は広いですから）」

「（趣味って可愛らしく言ってるけど、絶対違う類いのやつですよね!?）」

頬を染め、何やら熱っぽい眼差しを浮かべながら自分の体を抱き締めるクレア。

こんな設定があったのかと、一生懸命に記憶を掘り下げてしまったが、残念ながら脳内メモリには引っかからなかった。

おかげで、ざわめき侮蔑しきった瞳を向けるギャラリーに言い訳すらできなかった。

「正義を謳《うた》う騎士として、負けるわけにはいかない——さぁ、かかってこいっ！」

クレアが剣を構える。

良からぬ誤解はあったものの、模擬戦は行うようで。

イクスは大きなため息をつき、沈んでしまったテンションを戻そうとする。

開始の合図など鳴らず、クレアは駆け出して一瞬にしてイクスの懐へと潜り込む。

（獲った！）

イクスは姿を捉え切れていないのか、まだ視線を正面に向けている。

この距離であれば、自分の姿を追う頃には先んじて剣が届く。

クレアの中に、勝利の確信が生まれた。

遠慮はしない。躾《しつけ》という意味も込めて、思い切り木剣を振り抜──

「この程度か？」

くことはできず、クレアの上半身が仰け反った。

いきなりのことで、何が起きたのか──ギャラリーや、クレアでさえ理解ができなかった。

しかし、その数秒後……クレアは気づく。

明らかに蹴り上げたモーションを見せるイクス。そして、数秒後に地面へと甲高い音を響かせて落ちた木剣。

イクスのではない。彼のは、そのまま手に握られている。

つまり──

「大口叩いた割には、騎士にとって大事な剣を手放しやがって」

仰け反った勢いを殺せなかったクレアは、その場で尻もちをついてしまう。

そのまま、首筋にイクスの木剣が突き付けられ、息を吞んでしまう。

（ば、馬鹿な……ッ！）

この状況、誰が見ても結果は明らかだ。

恐らく、木剣を握っていた手首を無目視《ノールック》で蹴り上げて、弾き飛ばした。

正式にここに審判がいれば、赤色の旗がどちらに挙がっていたかなど言うまでもないだろう。

しかし、トドメのような宣告を……見下していた少年は、己を見下ろして容赦なく口にした。

「実力差は分かったかね、弱者様《おじょう》……あんだーすたん？」

◆◆◆

悔しそうに顔を歪めるクレア。

現実を理解し、己が「クズ」と名高い男に負けてよっぽど悔しいのだろう。

ゲームの設定では、正義感に溢れて騎士を目指して鍛錬を積み続けた努力家でありながらも、負けず嫌い。

勝てる勝負のはずなに、地べたに己が座っていることが受け入れられていないご様子だ。

そして――

（ふっ、ふはははははははははははははっっっ！！！）

イクスは、それはそれはもう大層喜んでいた。

（来たぞ、圧倒的な実力を見せつける第一歩！　ドッキリ番組大成功の印のプラカードでも掲げてやろうかうぅん!?）

目的は、己の実力を見せつけること。

あくまで相手は生徒で講師のような目に明らかな「強い相手」ではないものの、こうも圧倒すればイクスの実力も分かるだろう。

（それに、クレアはゲームで主人公と共にラスボスを倒すキャラクター……サブポジションでヒロインではないとはいえ、生徒の中ではそれなりに腕の立つ女の子だ）

おまけに、クレアの家は公爵家で騎士家系。

クレアも幼少の頃から剣の腕を磨いており、その素性は社交界に顔を出す貴族であれば周知しているはず。

であれば、そんな女の子を倒したイクスの立ち位置は自ずと分かる。

（ふふふ……周りの悔しがる顔と驚く顔を見られるって分かっただけで笑いが止まらん）

なんとも悪役らしい不敵な笑みを浮かべるイクスはバッ！　と、観衆へと振り返った。

さぁ、クズと馬鹿にした男の実力を垣間見たギャラリー達の反応は如何《いか》にッッッ!?

『なぁ、今何が起こったんだ？』

『さぁ？　クレア様がコケただけじゃないか？』

『そこにつけ込んで勝利宣言か……想像通り汚ぇ野郎だぜ』

そうでもなかった。

（どォじでだよぉぉぉぉぉぉぉぉぉぉぉぉぉぉぉぉぉぉぉぉっっっ！！！？？？）

イクスは膝から崩れ落ち、そのまま地面へ拳を叩きつける。

明らかに期待していた反応とは違う。

恐れおののいたり、驚いたり、悔しがっている表情は傍から見受けられない。

どうやら、イ、ク、ス、が、何、を、し、た、の、か、分、か、ら、な、く、て、自分が想像できる範囲の結論を出したみたいだ。

(要するに、ご主人様のレベルが高すぎた……ということでしょうか)

周囲の反応と主人の嘆き悲しむ姿を見て、セレシアは思う。

イクスが何かをしたようなモーションは残っていたものの、恐らく「イクス=強い」という想像《イメージ》が湧かず、必然的に「コケた」という己が理解したい方へ結論づけてしまった。

要するに、理解できなくて単純な現実逃避をしてしまったのだ。

(周囲に見せつけるために強くなったというのに、実際に見てもらうと理解されないとは……なんともままならないものですね)

セレシアは小さくため息をつき、ステージへと上がる。

とりあえず、傍付きのメイドのすべきことは悲しむ主人へ膝枕となでなでをしてメンタルを整えること。

そう、これはメイドとしての役目——

(ですが、理解者は私だけというポジションが強まって私は少し嬉しいですけどね。さて、弱ったところにつけ込んで好感度アップです♪)

……その、これは強《したた》かなメイドとしての、役目である。

(クソッ……クソッ!)

一方で、イクスとは違う意味で地面に座っていたクレアは悔しそうな顔をしたままだった。

(私が負けた!?　あのクズに!?)

自分が聞いていたイクスは、クズであった。

鍛錬など行わず、堕落し切った日々を送り、ふんぞり返った曲がった性格をしている。

そんな相手に、毎日剣を振ってきた自分が負けた。何か不正でもしたのか？　と、自然とそう思わざるを得――

(……いや、あの動きに不正はない。むしろ努力の積み上げを感じる)

剣を振り続けていたからこそ分かる。

今の動きは、日々の鍛錬によって培われた身体能力《フィジカル》と技術によるものだと。

何せ、自分もそこを目指しているのだから。

――もしも、クレアが年相応の子供であれば、この結果に納得などしなかっただろう。

しかし、ある意味純粋。己の信じる正義と信念に忠実だからこそ、ゆっくりとこの敗北が受け入れられていく。

むしろ、違った感情まで芽生え始めて、

(一体、どのような鍛錬をすればあのような領域まで辿り着けるのか……)

手も足も出なかった。

懐まで潜り込むまではよかった……と思いたいが、今思えばわざと潜らせたのでは？　なんて思ってしまうほど、その差を見せつけられてしまった。

（……気になる）

チラッと、クレアはイクスの方を見る。

（傍にいれば、その秘訣が分かるか？）

クレアは立ち上がり、さめざめと泣きながらセレシアの胸に顔を埋めるイクスへと近づいた。

「私の負けだ、イクス・バンディール」

「……お前だけだよぉ、そう言ってくれるのぉ」

「よしよし、ご主人様が凄いことは私も知っておりますよー」

クレアが負けを認めてくれたということは、自分との力量の差を理解してくれたということ。

その他大勢には理解してもらえなかったが、主要のキャラクターが理解してくれたということで、イクスの涙もクレアを見て若干引いていく。

そして――

「望み通り、私はお前の下僕になろう！」

「……なんでそんな胸張って嬉しそうに言うの？」

なんか望む反応とは違う返答がきた。

「ふむ、そうだな……差し当たって、私はメイド服に着替えればいいのか？」

「待て待て待て、お前自ら目立ちにいくのか!?　アイドル枠でも確立させようとしてんのその喋り方で!?」

「お待ちください、メイドは一人で充分です！　ここは首輪を着けさせるべきです！」

「ぐっ……首輪を着けさせるとは！　公爵家の令嬢として恥ずべき姿……だがッ！　それで少しでも秘訣が分かるというのであれば受け入れるしか……ッ！」

「だからお前はなんで受け入れる方向なの!?」

確かに、一ヶ月間舎弟を要求したのはしたが、そこまでは望んでいない。

しかし、当人はあたかも「イクスの指示で～」という方向で受け入れようとしていて――

(違う、そうじゃないっ！　俺は逆らってこられないような立場を確立させたかっただけであって、高度な変態な騎士を飼《くっころ》いたいわけじゃないんだよぉぉぉぉぉぉぉぉぉぉぉぉぉぉぉぉぉぉぉぉっ！！！)

イクスはもう一度地面へ拳を叩きつけ、心の底から出る涙を流すのであった。


「いいですか、下僕というからには使用人である私が先輩です。私の言うことはちゃんと聞くように」

「むっ、そうか……確かに、私は貴族だが仕える以上は先輩後輩はハッキリさせないといけないな」

「つきましては、ご主人様が好きそうなチョイスに改造したこの制服を――」

「んなっ!?　な、なななななななんだこのスカートの短さは!?　胸元もはしたなく開いて!?　クッ……だが、主人が望むというのであれば……ッ！」

ヒロイン達

学園の一学年は全部で八クラス、総勢三百二十人ほどだ。

全体で言うと千人ほどであり、この人数全てがほとんど貴族の子供達となる。

そのため、望む人間と仲良くするためには運の要素が絡んだりしてしまう。

学年が違ったり、同じクラスではなかったり。

それ故に、そこからどうやってアクションを起こしていくか。今後社交界で生きていくための人脈作りが、ほとんどの生徒の裏の課題である。

これはただシナリオが進み、キャラを育てていくゲームではなく、実際の世界になってしまったからこそ分かったものだろう。

そして、実際にゲームの世界が現実の世界になってしまったからこそ――

「ご主人様、調べてみたのですが……どうやら『ユリウス』という男性は八のクラスにいらっしゃるようです」

「ふむ」

模擬戦という剣術の授業が終わり、セレシアは空いた休憩中にそのようなことを口にした。

「流石にクラスの番号までは分からんかったからな、うん。なら何かイベントがあればどさくさに紛れて八のクラスに喧嘩《けんか》を売れればまた機会が生まれ……」

「喧嘩を売りに行くイベントが都合よく発生すればいいですが……して、お知り合いなのですか、その方は？」

「あ、いや……お知り合いではないんですけど」

しどろもどろになり、思わず視線を逸らしてしまうイクス。

それもそのはず。

ユリウスという名前はゲ、、、、、ームの主人公の名前なのだから。

面識があるわけではないが、知っているのは知っている。

しかし、それをセレシアに言ったところで「はい？　ゲーム、ですか？」と首を傾げられるのがオチ。

というより、この手の転生系は基本他人に口外していけないという暗黙のルールがある……と、イクスはかつて愛読していた漫画や小説で学んでいた。というより、そもそも自分ですらちゃんと理解してない。

（まぁ、でもクレアはともかく他のヒロインと絡めばワンチャン出てくるか？　いや、でもゲームだと一人のヒロインに対してのシナリオしかなかったし、今が誰のシナリオかとか正直分かんない

し……うーむ）

なんて様子で頭を悩ませるイクス。

そんなラブな主人のほっぺを、セレシアはツンツンし始める。

その時、教室の中が一気にざわついた。

『お、おい……見ろよ、あれ！』

『な、なんかちょっとえっちじゃない……？』

『クレア様があのような格好を!?　しかし、何故か目が離せない……ッ！』

『イクス・バンディール……恐ろしい男だ』

何事かと首を傾げていると、ゆっくりとイクスの前に一人の女の子が現れる。

その女の子は――

「こ、この私がこのような格好など……ッ！」

髪をサイドにまとめ、胸元やスカートを見えるか見えないかの限界まで攻めた制服を着ていた――首輪付きで。

「……セレシア」

「ご主人様のほっぺはぷにぷにで可愛いですね」

「セレシア」

「あ、そうです。帰って新しい茶葉を」

「セレシア、聞くんだ！　俺も騎士っ子がギャルに変貌した挙句に着けてはいけないオプションまで着けていたら流石に説明を求めたいッッッ！！」

仮にも……そう、仮にもだ。

クレアはヒロインではないとしても王族に次ぐ公爵家のご令嬢。

更には、クレアは真面目という言葉を体現していそうな性格をしていた女の子である。

それが如何《いか》にも原宿や渋谷を拠点としていそうなギャルに変貌しただけでも驚くというのに、首輪までつけていれば驚かざるを得ない。

「ご安心ください……角度によってはチョーカーです」

「リードがある時点でどの角度もアウトなんだよ!?　これじゃあ、誤解が上塗りされて悪名が変態に変わっちまうよ!?」

「しかし、好みでは？」

「うむ、好みだ。首輪以外はな……ッ！」

正直な男である。

「だからこそダメだ！　もうこの際タピっていそうな格好はいいから、せめて首輪だけでもどの角度からでも分かるチョーカーにしなさい！」

「かしこまりました」

そう言って、いつの間にか準備していたチョーカーを懐から取り出し、羞恥で顔を真っ赤にするクレアの首輪と交換していくセレシア。

その時、クレアはチラッと何故か縋《すが》るような目を――

「は、外すのか……？」

「どうしてお前はしょんぼりしてるわけ？」

「こ、この恥ずかしい格好はメンタルを鍛える特訓なのだろう!? も、もしや私にはまだレベルが足りないと言いたいのか……ッ!?」

「お前はなんの話をしている!?」

イクスの強さの秘訣を知れると期待していたクレア。

どうやら、この格好は鍛錬の一つだと思っていたようだ。とはいえ、中々チャレンジャーではあるなとは思うが。

「よくお似合いですよ、クレアさん」

「うーむ……私はこのような格好はしたことがないため恥ずかしいんだが、先輩がそう言うのであれば少しばかり安心する」

「ふふっ、その姿であれば精神的な成長を見込めます……頑張ってメンタルを鍛えてくださいね♪」

「あぁ！」

少し前まで「平民なのに失礼だぞ！」的な発言をしていたのに随分と仲良くなったものだ。

なんて、イクスは大きなため息をついて思った。

「しかし、主人よ」

「主人？」

「いやなに、下僕となるのであれば対等というわけにもいかんだろう？　当然、一時的とはいえ仕える者に対しての敬意は持たねばならん」

変に真面目というかなんというか。

しかし、ここは悪役イクスくん。

公爵家のご令嬢からの主人発言に――

「（な、なんだろう……この背筋がゾクゾクする感覚と鼻の下が伸びてしまいそうな興奮は？　頭《こうべ》を垂れる稲穂《おなご》を見るのが気持ちいいぞ……！）」

「（ご主人様は時折Ｓっ気が出ますよね）」

こういうところは、中身が悪役のイクスに寄ってきてしまっているのかもしれない。

もちろん、自分のせいではないのに馬鹿にされている中身のイクスの鬱憤《うっぷん》も関連しているのだろうが。

「ごほんっ！　んで、なんの話だっけ？」

「うむ、先程気になっていたのだが……」

クレアがチラリと、教室の入り口の方を向く。

それにつられてイクス達も視線を向けると、そこには珍しい、い、い、ウィ、ィ、ン、プ、ル、ィを着けた愛らしい顔をしている女の子がこちらを覗き込んでいる姿があり――

「ッ!?」

視線が合うと、顔を真っ赤にして逃げ去ってしまった。

「主人は噂の聖女様に何かをしたのか？」

「……ご主人様」

したなぁ、なんて言えなかった。

それは横から向けられる美少女のジト目が突き刺さっていたから。

とりあえずセレシアから、クレアの色っぽくなった胸元へ視線を移した思春期イクスくんであった。

◆◆◆

ええ、視線が気になるんですよ、ええ。

なんて、思い始めたイクス・バンディール。

授業が終わったすべての休憩において、そのようなことを思っていた。

「……イクス・バンディール。今日の剣術の授業で後日居残りだ」

「何故です？」

「だって、お前は剣を使ってなかっただろう？　これじゃあ、ちゃんとした力量が分からん」

「理不尽」

学校生活一日目の全授業が終わり、放課後。

男性教師に声をかけられて、廊下で立っていた時だった。

『じーっ』

『聖女様、こんなところでいかがされたのですか？』

『ふぇっ!? な、なななななななななんでもありませんよ!?』

『でしたら、ご一緒に帰られませんか!?』

『あ、だったら私も！』

『是非、私とティータイムを……！』

『あ、あのっ！ 私は、やらなければならないことが……！』

騒がしいなぁ、と。

イクスは頬を引き攣《つ》らせる。

「ただ、お前の技量が高いことは分かっている。あの足捌《あしさば》きと動体視力を見れば流石の俺も……って、聞いているのか？」

「聞いてないっす」

「話を聞かないとは感心しないなぁ」

「いや、先生。聖徳太子でもない生徒の後ろでこんなに騒がれちゃ集中できんでしょうに」

教師はイクスの後ろを覗く。

すると、視線の合った少女は慌てて人混みを抜けて立ち去ってしまった。

その様子を、後追いで視線を向けていたイクスは見逃さず――

「……聖女は外交問題に発展しかねん。謝るなら先生もついて行ってやるから、急げよ」

「先生、偏見に涙が出そうっす」

とはいえ、言わんとしていることは分かる。

イクスは悪名高く、それは教師も知っていそうな話。

聖女と呼ばれる女の子の様子がおかしく、明らかにイクス絡みであれば自然とイクスがやらかしたと思っても仕方がない。

ただ、今回ばかりは何もしていない……いや、していないと思いたい。

もし、責められるようなことがあったとするなら――

「……先生、お水をぶっかけてスケスケなプレイを強要したら、今時の女の子って怒りますかね？」

「いいから謝って来い」

◆◆◆

「明日からもちょこまかされたら流石に鬱陶《うっとう》しい、捜すぞパパラッチ犯を」

教師からのお話が終わり、イクスは教室でそのようなことを口にした。

初日ということもあり、学園見学に向かった生徒もいることから、教室に残っている生徒は少ない。

そんな中、対面に座るセレシアとクレアは首を傾げた。

「噂の聖女様でしょうか？」

「まぁ、今日一日ずっと主人を見ていたからな」

——大陸東部を中心に、世界的に広がっている宗教の象徴。

女神からの恩恵を与えられ、厄災や病に対して耐性があり、治癒に特化した力を持つのが聖女である。

聖女は現在三人。

その内の一人がこの度、ゲームの舞台である王国の学園に招待されて通うことになっている。

そして、その聖女が……正直鬱陶しい。

野郎ではなく美少女だからまだいいが。

言いたいことがあるならはっきり面と向かってかかってこいや。

「しかし、主人よ。流石に心当たりがなければあのようにかまってちゃんにはならないのではないか？」

「かまってちゃんは恐らく、冷水をぶっかけて『神などいない』と言えば完成するのでしょう」

「主人、流石に軽蔑するぞ」

「いやっ、俺のせいじゃ……な、ないと……言いたい……ッ！」

イクスはイクスなのだが、自分ではない。

とはいえ、そんなことなど言えるはずもなく――

「よ、よぅーし！　さっさと見つけて謝るぞ！　このままじゃ、クズなアヒルの後ろを歩くひよこちゃんが完成してしまうからな！」

「まぁ、主人に従えというのであれば捜すが……あまり乗り気になれんな」

「早く解決しないと、今日の鍛錬に集中できなくなる……ッ！」

「なんだと!?　そういうことであれば早く見つけなければ！」

拳を突き合わせる二人。

朝方、観衆の見守る中で喧嘩をしていたとは思えないほどの意気投合っぷりだ。

「しかし、見つけてどうするのです？」

「鬱陶しいから謝りたくないけど謝ってストーカーをやめてもらう」

「確かに、今更ですが冷水ぶっかけなセクハラ事件は早々に謝罪しておいた方がよろしいかと。根に持たれ、国際問題に発展してしまえば大事《おおごと》です」

それに関して言えば問題はない。

何せ、ゲームでは冷水をぶっかけても「気にしていませんよ」と、聖母感溢《あふ》れる優しさで許していたから。

問題は――

（この前の森での件だよなぁ……まさか、実力マウントに腹が立ったとか？）

可能性はある。

何せ、冷水は許しているはずなのに自ら関わってきているのだから。

本来であれば「文句があっても実力でねじ伏せる！」精神で破滅フラグになろうとも気にしない方針でいたのだが、いかんせんそろそろ鬱陶しい。

故に、イクスはアクションを起こすことにした。

「そうと決まれば、早速向かうぞっ！」

イクスは立ち上がり、駆け足で教室の扉まで向かう。

すると――

「きゃっ!?」

ドンッ、と。イクスの胸に何かがぶつかる。

華奢で小柄な体。更には、特徴的なウィンプルがイクスの視界に映り、少女はお尻をさすって顔を上げた。

すると、何故か顔を真っ赤にしてその場から逃げようと――

「お待ちください、聖女様」

「少し時間をいただけないか？」

――した様子を見せたが、あっという間に囲ったセレシアとクレアによって退路を塞がれ、涙目を見せる。

女の子の滅多に見ない涙。根は優しいイクスはそれを見て思わず焦ってしまった。

「……ご主人様が虐めたから」

「いや、その……別に取って食おうってわけじゃなくてな!?　本当だぞ!?　嘘じゃないしなんだったらここで故郷の伝統的文化『ＤＯＧＥＺＡ』を披露してみせ――」

「あ、あのっ！」

しかし、イクスの焦りを無視して、何やら意を決したような声が聖女であるエミリアから発せられる。

そして、

「お、お会いしたかったです……英雄様！」

「……はい？」

予想外の言葉に、焦っていたイクスの首が傾げられたのであった。

◆

◆

◆

はて、英雄？

セレシアやクレアだけでなく、輝く瞳を向けられているイクスまでもが首を傾げる。

しかし、そんなことを言ってきた聖女様は皆の反応を無視して――

「あの、お会いしたかったです！　同じ学園に通われているということは分かっていたのですが……その、こうしてお目にかかれただけで嬉しさがいっぱいで……ッ！」

「ちょ、ちょっと落ち着こうかお嬢さん！」

イクスは顔を近づけてくるエミリアから少し離れる。

それと同じタイミングで、セレシアは「近いです、そこは私の特権です」とエミリアの脇を抱えて更に離した。

どこか残念そうな顔をしたエミリアだったが、とりあえずイクスは頭を押さえて尋ねる。

「えーっと……ちょっと待て、英雄ってなんの話？　俺っていつの間に吟遊詩人の稼ぎネタの主人公にジョブチェンジしたの？」

「ふむ……冷静に考えれば、聖女様のピンチに主人が颯爽と駆け付けたが故に、そのような呼び名になった……ということだろうか？」

「………………」

どうしよう、身に覚えがある。

イクスは思わず頭を抱えた。

「……ご主人様、またですか？」

「い、いやいやいやっ！　確かに……その、聖女様が魔物に襲われている時にそいつを倒した覚えはあるが、きっと恐らく多分そうじゃない！」

そう、イクスは経験値稼ぎと、己の実力を見せつけたかっただけ。

確かに「助かってよかったな」なんて少しぐらいは思ってしまったものの、決して英雄視されるためにやったものではないのだ。

(それに、こういうポジションって主人公の役割だろ!?　そりゃ、シナリオじゃ主人公はどちらかというと英雄っていうよりかは仲間ポジションだったけども……ッ！)

だとしても、悪役に英雄はおかしいだろう。

冷水をぶっかけた過去を忘れたのだろうか？

「聖女様……違うんです、俺はあの時あなたを助けたわけじゃないんです」

イクスは冷静に、諭すようにキラキラした眼差しを見せるエミリアへ口を開く。

「決して、英雄扱いされたいからとかじゃ――」

「そうですよね、ただ困っている人を助けただけですよね！」

「単に、聖女様達に実力を見せつけたかっただけ――」

「安心させるために、強さをアピールしたのですよね！」

「っていうか、俺昔水ぶっかけて――」

「英雄様のご趣味は、これから最大限理解しようと思いますっ！」

ダメだ、話聞かねぇ。

イクスはさめざめと泣き始める。

そのおかげで、止まらないエミリアは「あの時、自分が傷ついていても私達を助けようとしていて」などと、一人勝手に盛り上がっていた。

純粋な性格をしているヒロインだとは知っていたが、まさか実力の誇示が裏目に出るとは。

イクス、模擬戦に引き続いて想定通りにならず、涙が更に溢れ出る。っていうか、水ぶっかけ趣味とかなんだよ。

「主人、見直したぞ！　他人のことなどどうでもいいと考えている男だと思っていたが、まさか体を張って誰かを助けていたなどとは！」

一方で、ある意味こちらも純粋なクレアもまた、同じように瞳を輝かせる。

自分の信じる正義に基づいた善なる行いを主人がしていて歓喜したのだろう。

とりあえず、余計にうるさくなったことでイクスはため息をついた。

「はぁ……黙ってそこで腹筋でもしてろ、くっころ枠」

「しゅ、主人……今座って腹筋してしまえば、このスカートだと下着が見えてしまうのだが!?」

「あー、そっか。じゃあ、腕立てで――」

「ご主人様の命令は絶対です。約束をもう忘れたのですか、後輩？」

「くっ！　こんな屈辱を味わうなど……やはり卑劣な男だ！」

「俺は訂正したよなぁ!?」

イクスの声など届かず、クレアはその場に座って腹筋を始める。

座って行うことから、もちろん丈の短いスカートであれば聖遺物《おぱんつ》は見えてしまうわけで。

いつの間にか集まっていたギャラリーが、ざわついた。

『お、おいっ！　クレア様の下着が見えているぞ!?』

『ダメだと分かっているのに……どうして目が離せないんだ!?』

『あんなことをさせるなんて……やっぱり、さいてーね』

『聖女様にも、英雄って言わせてるし……』

『そんなに自己顕示欲を満たしたいのかしら？』

耳にしたイクスは壁際に体育座り。涙が止まらなかった。

「(ちくしょう……いいもん、あとで絶対あいつら見返してやるからいいもん……)」

「(はぁ……はぁ……何故だ、いつもより腹筋が鍛えられているような気がする。ハッ！　まさか、これが主人の強くなる秘訣!?)」

もう会話はできそうにありませんね、と。

一人の世界に潜ってしまった二人を見て、セレシアは思った。

「して、聖女様……何故、ご主人様を追っていたのですか？」

さり気なく体育座りをしているイクスを後ろから抱き締めながら、セレシアはエミリアに尋ねた。

「本当は単にあの時のお礼をお伝えしたかったのですが、緊張して中々声がかけられず……」

「なるほど」

要するに、お礼を伝えるタイミングを窺っていただけ。

決してストーカーなどではなく、単に自分と同じ——

「……渡さないですから」

「ふぇっ？」

セレシアはイクスの体を少し強めに抱き締める。

そして、可愛らしく首を傾げるエミリアに向かってハッキリと言い放つのであった。

「ご主人様は、私のですもん」

果たして、この自己主張ありありな言葉の意味をちゃんと理解できたのだろうか？

いや、ゲーム内随一の純粋さを誇るヒロインは、恐らく理解していないだろう。

「人は物ではありませんよ？」

「私のですもん」

「……いつか絶対あいつらの顔を苦渋に染めてやる」

「くっ……これ、も……強くなる、ため……ッ！」

正座したまま首を傾げる聖女、嫉妬で唇を尖らせるメイド、パンチラ継続で腹筋をする公爵家令

嬢、メイドに抱き締められながらさめざめと泣く悪役。

そんな構図が、ギャラリーにざわつかれながらしばらく続いた。

◆◆◆

慌ただしい入学初日も無事に閉幕。

ドッとした疲労感に苛まれながら、家に帰るために用意していた馬車の停留所までの道のりをイクス達は歩いていた。

「……なぁ、ほんとに泊まるの？　女の子一人がクズで噂の狼さん家に泊まったら食べられちゃう恐れがあるけど泊まるの？」

「うむ、泊まるぞ。主人の強さの秘訣が気になるからな、下僕としての立場をフルで活用するまでだ」

「開き直りやがったな、この強《したた》かピンクおぱんちゅ騎士め」

「しゅ、主人!?　ま、まままままままままままままままままさか見たのか!?」

停留所は学園側で用意されている。

それは貴族が多く集まり、通学する場所だからこそだろう。広大な敷地内に設置されており、イクス達も朝はそこを経由して学園へと向かった。

現在、イクス達が向かっているのはそこ。

朝と違って、今は顔を真っ赤にして短すぎるスカートを押さえる公爵家のご令嬢がメンバーに加わっている。

「ご主人様、ちなみに私は黒のレースです」

「ふむ、百二十点」

「やった♪」

「……私は主人が噂通りの人間なのか違うのかが分からなくなってきた」

堂々と下着の色にサムズアップしてみせるイクスに、クレアは大きくため息をつく。

噂と違う人間だということは実際に模擬戦をして、一緒に過ごして分かった。

ただ、クズらしいというか思春期の男の子らしいというかな言動に、どうしてかイメージがはっきりしない。

「して、ご主人様」

「ん？」

「よろしかったのですか、聖女様は？」

あの後、エミリアは約十分ほどイクスにお礼を言い続けた。

止まる気配もなかったので、流石に「長い長い恥ずかしい」のと、意図せぬお礼だったこともあり適当に――

『あー、じゃあお礼って言うなら今度大聖堂に案内してよ。一回行ってみたかったし』

『分かりましたっ！』

そう言って、どうにかその場を切り抜けたのだ。

「しかし、大聖堂というとミリスト教の総本山なのだろう？　確か、あそこは教会関係者の中でも上の人間でなければ入れないという話だが……」

「だから言ったんだよ、くっころ騎士。適当に無茶難題吹っ掛ければ、大人しく引き下がるっていうのを見越して言ったの。実際に引き下がってくれたし」

無理難題を言えば「英雄がお礼を求めるなんて……思ってたのと違うっ！」、「無理だって分かってるのに……そんな常識も知らないの!?」などといったことを思わせられると考えたイクス。そう思わせることができれば、実力差だけの印象だけを残し、あとは勝手に離れてくれるだろうという魂胆であった。

大聖堂は女神のお膝元。クレアの言う通り、教会関係者の中でも選ばれた人間しか入れず、部外者が足を踏み込むことなど滅多にないのだ。

ちなみに、その設定は聖女ルートのストーリーではっきり説明があったので、鍛錬に勤しみ続けていたイクスでも知っていたことである。

「これで本当に叶えて来たらどうされるのです？」

「ふふふ……お嬢さん、それはないよ常識的に考えないとお馬鹿ちゃんって思われちゃうよふふふ」

確かに、普通であればあり得ない。

あり得ないのだが――

（相当力強く頷いていましたけどね）

（相当力強く頷いていたのだが）

二人の脳裏に浮かび上がる、あのキラキラとした眼差しと表情。

何やらどんな手を使ってでも叶えてきそうな勢いがあったのだが……イクスが何も思わないので

あれば口には出すまい。そう決めたのであった。

「まぁ、とりあえず聖女様のことは置いておいて帰るか。早く今日の分の剣を振らないと……」

敷地の整備された道を曲がって、「近道しよ」と校舎の裏側へと入った時だった。

曲がろうとした先、三人の男が一人の女の子を取り囲んでいる姿が映る。

その姿を見て――

「ちょっと行ってくるッ！」

「ご主人様？」

「しゅ、主人っ!?」

イクスはすぐさま駆け出した。

◆
◆
◆

アリス・カーマイン。

大陸最大規模の商会を取り纏《まと》める侯爵家のご令嬢であり、ゲームのヒロイン。

そんな女の子は今、内心で焦りを見せていた――

『クソ……お前が報告したから、散々な目に遭ったんだぞ!?』

『学園で会ったら、お返ししてやろうと思ったんだ』

『ちくしょう、これで俺の家督が弟に変わっちまったじゃねぇか！』

アリスの目の前には、三人の少年の姿。

それぞれ見覚えのある顔で、先日の聖女が来訪した際に開かれたパーティーに参加していた人物だ。

そして、エミリアを勝手に……半ば強引に連れ出して、魔物から逃げた男達でもある。

(ほんと、最悪)

こんな人気のない場所にいきなり呼び出されたかと思えば、先日の件でのやっかみ。

男達の苛立っている様子がありありと伝わってきており、いつ手を出されるか分からない雰囲気がある。

相手は男で自分は女。人数差もあり、アリスは怯えていた。

しかし、間違ったことはしていない。更に、商売の席にこれから座るであろう自分が、この程度で怯むわけにはいかない。

故に、毅然とした態度で言い返した。

「あなた達が悪いんでしょ？　そもそも、パーティーの時に聖女様を連れ出したりしなければあんなことにならなかったのに。私達があの後どうなったか、聞いてるでしょ？」

そう、イクスが現れなければ恐らく死んでいただろう。

自分もそれなりに発言権があり、世間に影響を及ぼす人間でもあるが、それが聖女ともなれば話は別。

連れ出した挙句、エミリアを置いて勝手に逃げた……本当に、あの時は自分やイクスがいなければ大変なことになっていたのだ。

お礼や謝罪を受けるならまだしも、責められる筋合いはない。

(ほんと、いい歳になってお子様思考の責任転嫁ってどういうこと？　まだ私も爵位を継いでないとはいえ、家柄的には私の方が上なのに)

子爵、伯爵、子爵。

単純な貴族社会の構図でも、彼らは下。

自分が偉いとは思ってはいないが、貴族内の常識が欠如し、更に罵声を浴びせているのだからタチが悪い。

(……イクスくんもクズって言われてるけど)

ふと、脳裏にある少年の顔が浮かんだ。

確かに、彼はクズだ。自分も罵声を浴びせられたこともあるし、風評通りの態度も見たことがある。

それでも、彼は自分が傷つきながらも己達《わたし》のために拳を握ってくれた——

「そんな彼《ヒーロー》と比べたら、あなた達は生産性のないクソガキだよ」

「……んだと？」

少年の一人が、アリスに詰め寄る。

「家柄がいいからって調子乗ってんじゃねぇのか？　そのうるせぇ口を閉じさせてやるよォ！」

そして、

「さぁ、やって来たぞリベンジイベント！」

拳を振り上げようとしていた少年の頬に、痛烈な飛び膝蹴りが突き刺さった。

「ばッ!?」

「多勢に無勢、相手は女を囲んで虐めるクズ……これ以上ないシチュエーション」

空気が一気に変わる。

ただの乱入ではない。明確に、敵意剥き出しで。

獰猛《どうもう》な笑みを浮かべながら、アリスの前へと立つ。

庇うようにして現れた少年。

胸に込み上げてくる安心感を与えるこの背中には見覚えがある。

アリスは、そんな背中を見て思わず固まってしまった。

「……えっ？」

「見とけよ」

英雄《イクス》は、呆けるアリスに向かってゆっくりと言い放つ。

「俺とこいつらが違うってところを、お前に見せつけてやるッッッ！！！」

その言葉に、アリスの胸は激しく高鳴ってしまった。

◆◆◆

実際にゲームでこんなシーンがあったかは分からない。

そんなに細かく覚えていればきっと今までの人生苦労しなかったし、そもそもゲームをしてから結構な日数が経ってしまった。

あったとしても「こんな展開だったたっけ？」と首を傾げるだけだ。

とはいえ、イクスには関係のない話ではあった。

（す、ばらしいっ！）

相手は、明らかに女の子を虐めるクズ共。

人数は三人。そして、傍にはゲームのヒロインが。

もしこれで完膚なきまでにこの男達を倒せば、改めて実力差を見せつけることができる。

聖女であるエミリアの時は、あまり思った反応ではなかった。

もしかしたら、アリスも同じなのでは？　そんな疑問が、正直「英雄様っ！」と呼ばれていた時心の中にはあった。

（だが、それも多勢に無勢の中で勝てば……改めてッ！）

飛び膝蹴りを食らった男は吹き飛ばされてしまう。

いきなりのことに、残っていた男達は面食らった表情になったが、すぐさま我に返り――

「て、てめ……ッ！　お前、クズのイクスじゃねぇか！　何しやがる!?」

「ははッ！　いちいち問答しなきゃ理解すらできねぇのか!?　喧嘩売られたら、やることなんて一つだろうが！」

イクスの拳が男の顔に突き刺さる。

やられると、そう思ったのか……もう一人の男は隙だらけな大きなモーションで拳を振りかぶった。

しかし、イクスは男の顔を摑んでそのまま膝を叩き込む。

「ばッ!?」

「どうした、同類共《クズ》！」

イクスのテンションは高くなっていく。

もしかしたら、今日思ったような展開にならなかった鬱憤《うっぷん》が溜まっていたからなのかもしれない。

だが、そう分かっていてもイクスの暴力は止まることはなかった。

何せ、

（女の子を囲んで殴ろうとしてたんだ！　万が一教師に捕まっても、いくらでも言い訳ができるってもんよ！）

さらに、こういう他人を見下して自分勝手に行動する輩《やから》は、下から与えられた屈辱には耐えられない。

いくらボコボコにやられてしまったとしても、己のプライドや面子《メンツ》のせいで大事にしようとはしないだろう。

それがクズで無能だと蔑んでいたイクスであればなおさらだ。

だからこそ、思う存分に戦える。

（あ、でもなんで勝手に体が動いたんだ……？）

い、い、い、い、い、い、い、い、い、い、い、い、

もう少し考えてから動いてもよかったはずなのに――

（ハッ！　ま、まさか俺はヒロインをまた心配して……ッ!?）

なんてことを思ってしまい、イクスはショックを受けたような顔をした。

自分の破滅フラグをじゃんじゃか立ててくるような人間に？　マジで？

「この、俺が……!?」

考え甘すぎだろ。

イクスは自分の頬を両手で叩く。

「あ、危ないっ！」

ふと、背後から高い声音が聞こえてくる。

すると、初めに蹴り飛ばした男の手から雷が現れているのが視界に入った。

「ぜ、絶対に許せねぇ……ッ！」

イクスは説教を受けていたために聞いていなかったが、校内で授業以外での魔法の使用は禁止されている。

それは単純に喧嘩が過激になってしまうから、危ないからという理由があるのだが、どうやら頭に血が上った男は考えていないようだ。

「死ねやクズがぁぁぁぁぁぁぁぁぁぁぁぁぁぁぁぁぁぁぁぁっ！！！」

遠慮なく、躊躇《ちゅうちょ》もなく。

細い雷の一閃がイクスに向かって放たれる。

しかし、イクスは獰猛に笑って——

「まぁ、もう気にしても仕方ないッ！」

「ちょ、やめッ!?」

掴んでいいいいいいいいいいいいたもう一人の男を盾にした。

「んな!?　お前、何やって!?」

「はっはーッ！　手にあるものを最大限活用して戦うのが、戦闘のマナーだろうが！　なにこんな場面で育ちのよさなんか見せてんだよ！」

白目を剥いて口から何やら煙を出している男を、イクスは適当に放り投げていく。

「いいか、これはご丁寧に客席で誰かが見守って拍手してくれる戦闘じゃねぇんだ」

もう一人の、魔法を放ってはいなかった男が背後から拳を振りかざす。

だが、イクスは振り返ることなく裏拳を的確に顎に当て、脆《もろ》い意識を確実に奪った。

――一対一。

残った最後の一人の腰が抜け、その場にへたり込んでしまう。

イクスは「魔法を撃ってきた威勢はどこ行ったんだよ？」と、蔑むように笑みを浮かべてゆっくりと近づく。

「お前らが多勢に無勢で女の子を虐めてきた時点で、野郎に気遣いなんかあるわけねぇだろ」

「だ、だけどお前には関係な――」

「なかったとしても、だ」

イクスは足を顔面目掛けて振り抜く。

「こっちにはちゃんとした理由があるんだよ」

◆◆◆

『こっちにはちゃんとした理由があるんだよ』

アリスは一部始終を特等席で見ていた。

先程まで怖かった男達が、たった一人の少年に倒されていくという光景を。

何も思わないわけがない。

確かに、圧倒的で「やりすぎなんじゃや?」と思わないこともない。

しかし、元より言いがかりで暴力を振るおうとしてきた相手だ、慮《おもんぱか》るようなことも心配するようなこともない。

それより――

(も、もしかして……私のため?)

ちゃんとした理由。

憶測でしかないが、自分が虐められているから駆けつけてくれたのか?

ふと、そう思ってしまった。

でも、すぐさまその考えを頭の隅へ追いやる。

(ううん、彼は誰であっても助けようとしたはず)

だって、自分の時もそうだったから。

あの時、自分が死にそうだった時……誰か分からぬまま、彼は助けてくれた。

きっと、今回もそういう類いなのだろう。

(あぁ……かっこいいよ)

バクバクと、心臓が激しく高鳴っているのが分かる。

顔も熱でもあるのかと思ってしまうぐらい火照っていて、誰かに見られでもしたら心配されるのでは？　なんて思ってしまうほど。

（私だからってわけじゃないのは分かってるけど……）

目が離せない。

ピンチに颯爽と駆け付けてくれる、イクスの背中に。

そう、その背中はまるで――

「英雄《ヒーロー》……」

その漏れてしまった呟きは、果たしてイクスに聞こえていたのだろうか？

イクスは振り返り、アリスを見て小さく首を傾げるのであった。

◆◆◆

目の前に倒れる三人。

若干一名、味方の魔法を喰らって重傷チックな見た目こそしているものの、しっかりと息はある。

単純に気を失っているだけ。

そんな男達を見て、イクスは大変満足そうに――

（ふはははははッッッ！！！　うむ、気持ちよかったサンドバッグありがとうッッッ！！！）

まぁ、何がとは言わないが。

人生思い通りにはいかないということで少しばかり鬱憤が溜まっていたわけで。

決して憂さ晴らしができたとかそういうのではないが、とりあえずイクスは気持ちよかった。

「そこのヒロイン！」

「ふぇっ、私!?」

「どうだ、ちゃんと見たか!?」

期待を込めた眼差しでアリスを見つめる。

するど、気圧されてしまったからか、それとも見つめられたからか……頬がほんのりと赤く染まり——

「う、うん……ちゃんと見てたよ。強いね、イクスくんは」

「はっはっはー！　そうだろうそうだろう！」

高笑い、留まるところを知らなかった。

「ご主人様」

「うぉっ!?」

高笑いを見せていると、唐突にセレシアが真横へ現れる。

「……ねぇ、心臓を慮ってくれないわけ？　毎回そんな登場されたら、俺の寿命がめりめり減っていくわけよ」

「ご安心ください。セレシア辞書によると、可愛いメイドに膝枕をされると寿命が延びるそうです」

「美少女ってだけで不老に届くんだったら、君にとっては凄く生きやすい世界だろうね」

あとでしてもらお、と。

メイドのご厚意に全力で甘えようと決めるイクスであった。

その時、今度は少し離れた場所からクレアがゆっくりと近づいてくる。

「また派手にやったな、主人。一応言っておくが、この学園で喧嘩はご法度だぞ？」

「今日一番に喧嘩を吹っ掛けてきたお嬢さんにいいことを教えてあげよう……この喧嘩に関しては、俺が責められることなどないのだとッッッ！！！」

そう、あくまで今回は絡まれている女の子を助けるため。

実際には「ヒロインに実力を見せつける」＆「そこはかとない憂さ晴らし」というのがあるのだが、そういう言い訳ができるのでセーフ。

まぁ、少しばかり「絡まれて可哀想」という気持ちもあったため、あながち言い訳も嘘ではない。

加えて、プライドが高そうな野郎共が自分たちの恥になりそうなことを公にしようとはしないだろう。

そこは、身内以外誰も見ていないことが幸いしている。

「ふむ、そうか……いきなり走り出した時は何事かと思ったが、主人がそう言うのであれば問題ないだろう。というより、こいつらも学ばん奴らだな」

「知り合いなの？」

「あぁ、一時社交界では話題になった人間だ。教会の聖女を無理矢理連れ出して危険な目に遭わせたと」

「ふぅーん」

あの時かな？　イクスの脳裏にこの前の魔物との戦闘が浮かび上がった。

「そんな奴らが虐めていたとなれば、たとえこいつらが変なことを言ったとしても信じられはせん。前科が直近であるからな」

「確かに、ご主人様が責められることはないでしょう……もちろん、彼女がどう発言するかにもよりますが」

チラリと、セレシアは横を向く。

そこには、どこか熱っぽい瞳を浮かべているアリスの姿があって――

「ふぇっ!?　あ、あっ……え、えーっと……そ、そのっ！」

全員の視線が集まったことに気づき、アリスは焦り始める。

なんで？　首を傾げるイクス。

一方で、セレシアは「ご主人様の女たらし」と頬を膨らませ、クレアは「ふむ……鍛錬でもしたいのか？」などと的外れなことを思っていた。

とはいえ、このままだと話が通じない。イクスは近づいて、とりあえず体をマジマジと見つめる。

「…………」

「イ、イクスくん……？」

「……うん、怪我はしてないな。よかったよかった」

「～～～ッ!?」

アリスの顔が真っ赤に染まる。

しかし、すぐにアリスは誤魔化すように顔を振って勢いよく頭を下げた。

「た、助けてくれてありがとうっ！　その、この前の時も……」

「気にするな、やりたくてやっただけだからな」

そう、見せつけたくて見せつけた。

自分との実力差はこれだけあるのだと。三人がかりできた相手を倒してみせた……イクスに逆らっても届かないのだと、思ってもらうために。

もし今後、破滅フラグが立とうとも自ら今日のことを思い出して折ってくれるだろう。

(まぁ、仮にフラグが立ったとしても俺が折ってやればいいけどな！)

そのためには帰ってまた特訓だ、と。

イクスは一人勝手にメラメラと闘志を燃やし始めた。

「え、英雄様……」

「ん？」

「あ、ううんっ！　や、なんでもないっ！　気にしないで！」

何やら直近で聞いたようなセリフが聞こえたんだが？　イクスは首を傾げる。

しかし――

「あの、イクスくん……お礼、させてほしいんだけど」

「え、いいよ別に」

「けど、させてほしいのっ！　この前も助けてくれたし、流石に二回も助けられて……」

目的が達成された身としては、別にお礼などどうでもいい。

まぁ、その様子がどこか恐れおののいているようには見えないが、やりたいことができた自分としてはそれ以上は望んでいない。

というより、転生前よりも裕福な暮らしができている現状で、これ以上望むものがない。

「自慢じゃないけどさ、これでも商会の娘なわけだし……ほしいものはあげられると思うんだけど」

「うーん……」

なんだろうこの展開前にもあったぞ。そう、ストーカー聖女の時に。

となれば、この子もまたエミリアみたいに無理難題でも言えば引き下がってくれるだろう。

目的が達成された今、もう彼女とこれ以上接点を増やす必要なんてないのだから――

「じゃあ、土地」

「ふぇっ？」

「土地がほしい。何をしても問題なさそうな、土地」

いくら貴族であろうが、一介の商会のお嬢さんが土地など用意できるわけもない。

イクスは我ながらいい考えだと、ご満悦な表情を見せた。

「(ご主人様、どうして土地なのですか？)」

「(いや、魔法の練習ができる場所がちょうどほしいなーって。ほら、うちの訓練場じゃ試せるものも限られるし)」

もらえばもらえたで嬉しい。

そう考えての発言。まぁ、どうせもらえないけど、と。

アリスはイクスの話を聞いて、何やら考え込み始めた。

「(だったら私の持ってる資産をとりあえず運用して……まず土地を購入できるよう国に申請しとかなきゃいけないよね。最悪お父様にお金を借りて……)」

そして――

「わ、分かった！　私、頑張ってみるね！」

拳を握り、気合いを見せたあとそそくさとどこかに行ってしまった。

どこか急いで準備しないといけないと、時間が惜しいとでもいわんばかりの様子で。

「……ご主人様の鍛錬スペースが増えましたね」

「む、なんだと!?　鍛錬か!?」

「えー、流石にないんじゃない？」

取り残された三人。

とりあえず帰るかと、馬車が停まっている場所へ向かうべく歩を進めたのであった。

◆◆◆

『まずはランニング、屋敷百五十周！』

『うぉぉぉぉぉぉぉぉぉぉぉぉぉぉぉぉぉぉっ！！！』

『次に腹筋腕立てスクワット一万回！』

『う、うぉぉぉぉぉぉぉぉぉぉぉぉぉぉぉぉぉぉっ！！！』

『まだまだァ！　続いて素振り二万回！』

『う、ぬぐ……お、おぉぉぉぉぉぉぉぉ……ッ』

さて、屋敷に帰りいつものこと。

学園での授業があったために時間も限られてしまうが、イクスに休みなどはない。

破滅フラグを叩き折るために必要な鍛錬は今日も変わらず継続。

その代わり、いつもと違うのは「私も一緒にやるぞ！」と、新たに加わったメンバーだろう。

日が沈んで松明《たいまつ》の光が灯る中、セレシアはいつものようにタオルと飲み物を準備しながら、

「ご主人様ご主人様」

「ん？　なんだ？　気遣い上手のメイドさんが素振り中に声をかけるなんて珍しい」

イクスはセレシアに声を掛けられ、ふと手を止める。

そして、セレシアはそれを確認した後、チラリと横を向いて――

「死んでしまいます」

「む？」

「約一名、瀕死です」

あらいけない。

地面にお嬢さんが一人倒れてしまっている。

「この程度で音を上げるなど情けない。いつものMっ子根性は馬車に置いてきたのか？」

「ぜぇ……ぜぇ……しゅ、主人はいつもこんなメニューを……？」

「ふっ……無論だな」

初めこそキツかったものの、慣れればどうってことない。

これも、見返してやりたいという世界に向けた執念の賜物だろう。

「ご主人様のメニューは過激なのです。私ほどの人間でなければ、陸に打ち上げられた魚になるのは必然です」

「……魚食べたい」

「ふふっ、夜ご飯は魚にしましょうか」

横の死体を見て食欲がそそられたイクスであった。

「まぁ、死体を眺めながら剣を振るのは気が引けるしなぁ……いい時間だし、そろそろ魔力適性を上げに行くか」

「むっ、魔力適性だと⁉」

ガバッと、くっころ騎士が起き上がる。

恐らく、聞き慣れない鍛錬フレーズに興味を引かれたのだろう。

「魔力適性とは、属性に合った魔力の適性のことだよな⁉」

「お、おぅ……その認識で構わない」

「私もやるぞ！　というより、やらせてくれ！」

「さっきまで地べたとキスしていた女子のテンションが高い……なんでそんなに気合いが入ってるわけ？」

「恥ずかしい話、私は魔法が苦手でな。どうやら魔力適性がどの色も軒並み低いらしい」

そんなキャラだっけ？　と。

イクスは少しばかり思い出そうとしたが、やがて……諦めた。

なんかこいつのこと、キャラが濃すぎて正直もうどうでもいいというかなんというか。

「よし、そこまで言うならついて来い。厚かましいピンクおぱんちゅ騎士よ！」

「し、下着は黒のレースに替えたぞ!?」

「……なんで？」

いつの間にか百二十点を狙いにいっていたクレアであった。

◆◆◆

そして――

「……主人」

「ん？　なんだ、もう下着がびっしょりか？」

「主人！」

「みなまで言うな……お前の言いたいことは分かっている」

イクスは正面を向く。

そこには、炎に包まれている部屋が映っており、

「火力が足りない……そう言いたいんだろう？」

「死ぬぞと言いたいんだっ！」

現在、屋敷の離れ。

イクスの鍛錬用に作られた部屋は全て石で作られている。

そのため、耐火性抜群。巨大な焼却炉状態になっており、部屋を開けただけで素晴らしい火の海が完成していた。

そんな部屋の目の前に立たされたクレアは、文字通り額に汗を浮かべてイクスの腰にしがみついている。

なお、セレシアは夜ご飯の準備のために離脱である。

「ん？　服は燃えないように特注の耐火性運動着に着替えさせたのに、不服なのか？」

「衣服ではなく命の心配をしているんだ！」

クレアがしがみつきながら首を何度も横に振る。

「さぁ、今から俺達の未来に向けて飛び込もう！」

「さ、流石に今の主人に掴まれたら抵抗できないんだ！　私を殺したい気持ちは朝の一件で重々理解しているが、流石に私もキスもしてない乙女のまま死にたくはない！」

「まぁ、落ち着けって」

「わ、私の初めてを奪っていいし、大きくはないがこの胸もパンツも好きにしてい――」

「本当に落ち着け君は慎みを持った淑女だろう!?」

女性としての尊厳も色々もすべて捨て去ろうとしているクレアを引き剝がし、イクスは咳払いを一つ入れる。

「ごほんっ！　これは立派な訓練なんだ」

「く、訓練……？」

「あぁ、そうだ。俺の魔力適性は赤だからな」

人が魔法を撃って無事な現象《とき》がある。

たとえば、物凄い冷たい氷を生み出して持とうとする。

その際、どうして使用者の手は低温であるにもかかわらず無事なのか？　それは魔力適性が影響しており、特異な魔力の色と同じ現象であれば本人の体は勝手に順応するからだ。

「こうやって魔法を扱う際、俺に影響はない。なのに、他人には影響する……つまりは、自身が引き起こした現象に自身の何かが耐性があるという証左に他ならない」

イクスは自身の手から赤い線を生み出してクレアに見せつける。

「では、耐性とはなんなのか？　個人に明確な差があるのなら、魔力適性でしかあり得ないんだよ」

「……ということは、火に慣れれば自ずと適性は上がっていくと？」

「そういうことだ」

耐性＝適性。

この方程式は成り立っており、適性を上げるなら自身の耐性を上げるのが効率的なのだ。

これは、主人公が学園を卒業したあとのイベントで偶然にも発見する方程式である。

「だが、普通にこんな火の海にダイビングしたら死ぬだろう？」

「死にそうになったら出てくればいい。そして、またチャレンジだ」

「ま、待ってくれ……！　まだ、私は心の準備が――」

「念の為、髪が焼けては敵わないためにこの耐火性の帽子を被るように」

「本当に行くのか!?　流石の私もかなりの抵抗しかないんだがッ!?」

そんなつべこべを言っているクレアへ、イクスは強引に髪を纏めて帽子を被らせる。

そして、華奢な女の子の手を握り――

「さぁ、共に行こう！　昨日の自分を超えるために！」

「う、うわぁぁぁぁぁぁぁぁぁぁぁぁぁぁぁぁぁぁぁぁっ！！！」

――このあと、屋敷では「イクス様が公爵家のご令嬢を泣かせた」という噂が立った。

なお、泣かせただけでなく色々と水っぽい何かを流したのだが……これは彼女の名誉のためにも墓に持っていこうと誓ったイクスであった。

「主人、確かに赤の魔法が前より使えるようになったんだが……なんだろうな、前よりも色々失った気がするんだ」

「気にするな、そういう時期もある」

主人公と厄介事

『えー、であるからして、王国の歴史は百年の時を越え――』

スキップ機能とかないかな？

なんて思う、今日この頃。

心地のいいビブラートがかかる教師の声が教室内に響き渡り、堪《こら》え切れない睡魔がイクスを襲う。

ぶっちゃけ、剣や体術、魔法の授業でなければすこぶる興味がない。

将来家督を継ぐことになるだろうから政務関係の授業は聞かなければならないのだが、歴史なんて本当に興味がない。

「（しりとり）」

「（りんご）」

とりあえず、寝ないように横のセレシアとアイコンタクトでしりとりを。

「（ごま）」

「（睫毛《まつげ》の長いかっこいいご主人様が素敵です♪）」

「(スイートポテト)」

「(とにかくご主人様が大好きです♪)」

「(……水筒《すいとう》)」

「(後ろ姿はまるで英雄《ヒーロー》のようで、私はいつも胸を高鳴らせております♪)」

「(うん、しりとりはやめよう。何がとは言わないが、このしりとりは夕陽の見える丘の上でロマンチックに聞きたい)」

褒め倒される未来が見えると、早々に試合を放棄。

横のメイドの愛がちょっと重たい。ほぼプロポーズ。

『ぐっ……こ、これも鍛錬……!』

ふと、イクスの視界にクレアの姿が映る。

ただ、どこか顔が赤く、何かを食いしばって耐えているように見えた。

「(あいつ、風邪でも引いてんのかな？　やれやれまったく、ちゃんとお腹を温かくして寝なさいって言ったのに)」

「(ノーパンだからではないでしょうか？)」

「(ふぅーん……え、ノーパン？)」

そんなこんなで、退屈な授業は進んでいった。

◆◆◆

『入学してから、クレア様ってずっとあのクズと一緒にいらっしゃるわよね』

『昨日の模擬戦で下僕にするとかなんとか』

『クズめ……クレア様にそのような仕打ちを』

『なんか際どい格好をさせて楽しんでるみたいよ』

入学して二日目であれば、まだ学園の色々に慣れていない。

そのため、休憩時間となればイクスとセレシア、そこに加わる公爵家のご令嬢という構図に視線が集まり、ヒソヒソとした声が向けられる。

とはいえ、ある意味神経が図太いイクスはそもそもそんな視線など気にならず——

「お前、ノーパン登校とかナメてんの？　新しい趣味に目覚める前に自分の立場を見直したらどうなんだうぅん？」

「し、しかし私にはあとブラジャーしか残って……ッ！」

「俺はそれ以上を求めているわけじゃなくてそれ以下を望んでいるんだが!?」

「そう、なのか……」

「何故お前はそこでしょぼくれる!?」

新手の鍛錬によって、どこか新しい何かが目覚めてしまったくっころ騎士。

これが公爵家のご令嬢の姿だというのだから恐れ入る。

「ご主人様」

ふと、隣……肩と肩ががっつり触れている状態のセレシアが、先程まで読んでいた新聞をイクスに見せる。

「最近は色々と物騒みたいですよ」

「物騒の前に、淑女としての尊厳をかなぐり捨てようとしている女の子の方が問題なんだが……んで、何が物騒だって？」

「ここです」

セレシアが新聞の見出しを指差す。

そこには、辺境にある教会が武装集団によって襲撃されたという記事が――

「むっ、このことか」

「知ってんの？」

「割と最近騒いでいる話だぞ、主人。教会の影響力は大きい……貴族として頭に入れておいた方がいい問題だ」

クレアはイクス達の対面に腰を下ろす。

「神を信じないという輩《やから》が『神の不在説』を提唱しようとしている。神がいるのであれば、神聖な場所が襲われたら助けてくれるだろう？　と」

なんかそういうイベントあったなぁ、と。イクスは少しだけ考え込む。

(確か、聖女ルートの話だっけ?)

神の不在を謳《うた》うカルト集団が表に現れ、教会を脅かす。

そこへ、聖女と仲良くなった主人公が襲われそうになった聖女を助け、その流れでカルト集団を殲滅《せんめつ》しに行くという話。

聖女ルートにおいて、好感度をしっかり上げられるイベントとして必ず通るストーリーだ。

(まぁ、その時イクスくんは出てこなかったし……うん、俺には関係ない話だな)

可哀想だとは思うが、今は自分のことで精いっぱい。

イクスは新聞に目を通しながら、ゲームのことを頭の片隅に追いやった。

その時——

『こ、ここにイクスがいますっ!』

『あいつ、クレア様に酷いことを……ッ!』

何やら教室の外が騒がしくなる。

ふと三人揃って視線を向けると、ちょうどのタイミングで扉が開いた。

そこには何人かの生徒の前に立つ……黒髪の少年。

イクスはその少年を見て、思わず興奮してしまった。

(うぉっ! 主人公じゃん主人公くんじゃん!)

ユリウス・グラン。

子爵家の次男であり、設定上ではクレアと同じく正義感に溢《あふ》れ、困った人間がいれば決して見捨てないといった心優しい性格の持ち主。

そして、本ゲームの主人公として多くのヒロインと仲良くよろしくする男の子だ。

そんな人間が、いきなりイクスのいる教室に現れた。

「あら、あの方はいつぞやご主人様が捜していらっしゃったフツメンではないですか」

「うむ、フツメンだな」

「お前ら、あれのどこがフツメンなんだ？」

あのフェイスで多くのヒロインが「キャー！」していたというのに。

まぁ、「キャー！」になった理由に今まで積み上げた好感度が影響しているのだろうが。

とはいえ、イクスらぶなセレシアと「下僕」という立場が定着してしまったクレアにとっては「キャー！」にはならないらしい。

「ふふふ……まぁ、フツメン云々はどうでもいい。せっかく向こうから現れたんだ、ここは一発ちゃんと喧嘩《けんか》を売って……もしくは向こうから吹っ掛けてくれないかなそしたら後先考えずぶん殴って力の差を味わわせることができるのにふふふ」

「主人、顔が凄いことになっているぞ」

「ふふっ、ご主人様の悪い顔……素敵です♪」

三者三様。

一人の少年が現れただけで違った反応を見せる。

一方で、ユリウスは教室を見渡し、イクスを見つけるとゆっくりこちらまで近づいてくる。

そして――

「イクス・バンディール……僕と決闘してもらおう！」

そんなことを言い放ったのであった。

（キタァァァァァァァァァァァッ！　そうそう、いいよ待ちに待ったシチュエーション！　俺の悪名とか今までの行いとかそういう気に食わないところから始ま――）

「僕が勝ったら、彼女……クレアさんを解放してもら、、、、、、、、、、、、、、、、、、、、、、、、、、、、、、、、、う！」

「……ん？」

◆◆◆

決闘とは、貴族の間で行われる戦闘である。

互いのプライドや要求を賭けて、立会い人を用意し双方の納得した内容で勝敗を決める。

決闘を申し込まれた者は、大抵が断ることができない。

それは貴族が『決闘』というシステムを神聖視しているため、無下《むげ》にするのは「貴族らしくない」ということらしい。

相手は爵位こそ劣るものの、立派な貴族。

故に、この勝負断ることができない。

無論、イクスとて相手は主人公――破滅フラグの乱立者だ、実力を見せつけて逆らえないようにしたい相手ナンバーワン。

この決闘、断るわけにはいかな――

「……すっげぇ、やる気出ない」

「主人!?」

はぁぁぁぁぁぁぁぁぁぁっ、と。

先程の雄叫びが嘘だったかのように、気だるそうに背もたれへもたれ掛かるイクス。

そんな姿を見て、賭けの対象にされたクレアはすぐに襟を摑んで揺さぶった。

「主人！　何故そうもやる気がないんだ!?　ほら、あれだけ望んだ喧嘩ではないのかさっきの威勢が私というワードが出た瞬間に消えるとなると涙が出そうになるんだが!?」

「いや、なんというか……需要がある人間に商品って渡すべきだと思うんだよ。ほら、買ったのはいいけどサイズが合わなかった時とか、サイズが合う人に渡した方がいいっていうか」

「つまり私は主人にとって不用品だと言いたいのか!?」

初めこそ「ヒロインじゃないけど、馬鹿にした相手を従えられるやったね！」的な考えだったのだが、クレアが予想外の方面に捻じ曲がってしまったため、要らぬ別方向の風評被害に遭っている。

正直、引き取ってくれるなら引き取ってくれるでありがたい。ずっと傍において処分に困るのであれば。

「しゅ、主人のためなら私はなんでもするぞ!? まだ、強くなる秘訣を少ししか学べてないんだ! 望むなら、私のことをめちゃくちゃに——」

『『『『(ざわざわざわ)』』』』

「……そういうところが俺の手に余るんだよ」

最近、その発言と現在進行形の際どい格好のせいで、イクスの目には『美少女(笑)』状態になってしまっていた。

「ご安心ください、クレア様……なんだかんだ言いながら、ご主人様はクレア様を見捨てません」

「セ、セレシアぁ……」

「(使い潰し終えるまでは、ですよね?)」

「(アイコンタクトでゲスな同意を求めるんじゃない)」

でもまぁ、そんな感じでいいけど、と。

イクスはクレアにそっと耳打ちをする。

「(っていうか、お前知り合いなの?)」

「(まぁ、パーティーで何度か話した仲だな。あとは一緒に剣を振り合った仲でもある)」

「(結構親密じゃねぇか。もう心配してくれるお友達のところに行っちゃえよYｏｕ)」

「(い、今は主人の傍にいたいんだっ！)」

はてさて、好感度を上げるようなことをしただろうか？

不思議に思ったイクスは視線を上げてユリウスの方を向く。

「んで、やるのはいいけど……とりあえず、理由だけ聞こうか？」

「皆から聞いた……どうやら、決闘ではないが模擬戦の約束でクレアさんに際どい格好をさせ悦《えっ》に入《い》っている、と」

「ふむ……」

チラリと、イクスはクレアを見る。

髪はサイドに纏《まと》め、胸元は谷間がハッキリと見えるよう第二ボタンまで開放、スカートは見えるか見えないかのギリギリを攻めており、更に――

「際どいっていうよりかは、アウトだな」

「アウト!?」

だって、ノーパンだし。

「ほらー、お前のせいで変な誤解受けてるじゃん。いいからさっさと普通の制服に着替えて来いって」

「だ、だが……これも鍛錬なのだろう!?　こうすれば自ずとメンタルが鍛えられるとセレシアから聞いたぞ!?」

「いや、別に新しい世界に目覚めるだけで別に――」

「その通りです」

「セレシアさん!?」

どちらかというと諸悪の根源は隣な気がする。

「はぁ……セレシアもあんまり悪ノリするなよ。ここから始まってんだぞ、許容外の風評被害は」

「ですが、ご主人様……お好きなのでしょう？」

「うむ、大好きだ」

「であれば、下僕がこのような格好をするのは当然です」

そう、なのか？

なんて説き伏せられる一歩手前まで来ているイクスとクレアは首を傾げた。

「嫌がる女の子に無理矢理そんな格好をさせるなんて……僕は許せない」

「ちょっと、話聞いてた？」

「だから――」

ユリウスは懐から手袋を取り出し、地面へ叩きつける。

そして、正義感溢れる男の子は指をさして教室中に響き渡るように言い放った。

「拾ってくれないか？　そして、僕と決闘してもらう……勝った暁には、クレアさんを解放してもらうよ」

この構図を傍から見ていれば、「まるでゲームみたいだ」と口にしていただろう。

主人公が女の子のためにクズな悪役へ決闘を挑む。

もしも、これでユリウスが勝てば周囲やクレア、他のヒロイン達の好感度はかなり上がるに違いない。

しかし――

「……まぁ、色々誤解があるかもしれんが」

イクスはゆっくりと拾い上げる。

口元には、獰猛《どうもう》という言葉がよく似合う笑みが浮かんでいた。

「どうせお前には喧嘩を売るつもりだったんだ！　少しばかり釈然としないが、ここいらでてめぇの頭を地面に擦りつけてやるよッ！」

相手はゲームの主人公。破滅フラグの乱立者。

そんな相手に実力を見せつけることができれば、自ずと破滅フラグも折れてくれるはず。

加えて――

「くっくっく……てめぇのその正義感に満ちた顔をぶん殴って泥水啜《すす》らせて悔しがる表情に変えたら最高に気持ちいいんだろうなァ……！」

「……主人、ちょっと発言が酷いぞ」

「ふふっ、それでこそご主人様です♪」

まぁ、鬱憤《うっぷん》だったり文句だったり不満だったり苛立ちだったりいうものがあるわけで。
イクスは再びやる気を取り戻し、不敵な笑みを見せるのであった。

主人公

基本的に、詳細なルールは決闘を挑んだ側が決める。

もちろん、決闘内容は公平に執り行えるよう立会人がしっかりと確認はするが、公平な範囲内であれば挑んだ側が設定していい。

一見、公平じゃなくない？　と思うかもしれないが、決闘では貴族としての器も試される。

要するに「お前、器大きいんだからもちろん、胸を借りるこっちが決めてもいいよなぁ？」ということだ。

そして――

「なん、で……俺が人捜しなんぞ……ッ！」

――イクスの手には、人捜しのための依頼書が握られていた。

「うぉぉぉぉいッ！　なんで決闘っていうスペシャルなイベントが迷子の子猫ちゃんを捜すってキューーティーなイベントになってんだッッッ！！！」

決闘を申し込まれてその日の放課後。

イクスは街中に呼び出され、現在ユリウスの胸倉を摑んで抗議していた。

「僕の家は兄が継ぐから、僕は冒険者としての道を進もうとしててね。入学する前から活動してるんだよ、だからこういう依頼も受けられる」

「いいんだよ、そんな興味もない野郎のキャラ説明なんて！　剣は!?　魔法は!?　盛り上がるギャラリーは!?　血と汗が滲む臨場感は!?」

「いや、君と僕との話にギャラリーのいるいないは些事《さじ》だろう？　どうせ争うなら、結果が人のためになることの方がいいと思うんだ」

どこで主人公らしさを出してんだと、イクスは唇を噛み締める。

一方で、傍で見守っているセレシアは「あらお優しい」と、クレアは「うむ、素晴らしい」と、誰一人としてイクスに同調していなかった。

「そんな、馬鹿な……」

だがごねたところで決闘の内容は挑んだ方が決められる。

このままこんな勝負をしてしまえば、周囲や主人公に力の差を見せつけることなどできない。

「これじゃあ、お前を好きなだけぶん殴って火炙《ひあぶ》りにできないじゃないか……ッ！」

「……その理由だけでも一般的な決闘から離した理由になると思うんだけどね」

ご尤《もっと》もである。

「ハッ！　いや、確か決闘は内容が一方的で双方の合意が取れない時は開催できないはず……つまり、俺が首を横に振って中指を立てれば済むだけの話なのでは⁉」

イクスくん、あったまいいー！　なんて、ふと思いついた妙案にイクスは下卑た笑みを浮かべ始める。

するとユリウスは――

「へぇ、逃げるんだ」

「は？」

「自分の有利な内容じゃないと受けたくないなら、初めからそう言えばいいのに」

挑発するように、笑みを浮かべる。

しかし、あまり人を挑発することに慣れていないのか、どこか棒読みで頬が引き攣《つ》っていた。

だが、そんなことにイクスが気づくわけがない。

何せ、相手は因縁とも呼べるゲームの主人公なのだから。

「こん、の……やってやろうじゃねぇかァァァァァァァァァァァァァァァァァァァァァァァッッ！！！」

「チョロいな、主人は」

「ふふっ、そこが可愛らしいのではないですか♪」

かくして、決闘は双方の同意によって纏《まと》まった。

ユリウスは近くのベンチに腰を下ろし、改めて依頼書をイクス達に向ける。

「今回の依頼は、この紙に描かれている女の子を捜すこと。そして、保護して冒険者ギルドまで送り届けることだ」

「……随分荒っぽい絵ですね。これでは鑑定人にお金を積ませても価値なんて分かりませんよ」

「首に大きなロザリオを下げているらしい。それが結構珍しいものだからすぐに分かる……だって」

イクス達も依頼書を眺める。

しかし、イクスは改めて目を通して首を傾げた。

「……名前とか年齢とかも非公開なのか？　これ、迷子の子猫ちゃんを捜す前にまず探偵を雇わなきゃいけないレベルで情報不足だろ」

「主人、人捜しの依頼で情報不足は珍しくない。依頼主が迷子自体を伏せておきたい時とか、個人情報が今後も広がらないようにしたいとかの理由でな……冒険者ギルドに依頼を出すってことは、多くの人に情報が見られるということなんだ」

「ふぅーん……まぁ、バストとかウエストとかヒップとか、隠したいことはあるもんな」

「……そもそも、そんな限定的な乙女の事情を載せるわけないだろう」

男は気になるもんな、と。

興味津々のイクスくんは酷く納得した。

「決闘の立会人は冒険者ギルドの受付嬢にお願いしておいたから、最終的に連れて来た時点で勝敗は決まる……んだけど、そういえば君が勝った時の条件を聞いていなかったね」

「ん？　そんなのこれから金輪際一切逆らわず、すれ違った際は必ず頭を下げ、『イクス様』って呼ぶだけでいいぞ」

「だけっていう内容にしては無理があるよね」

本当であれば実力で逆らわないようにしたかったが、こうなってしまえば仕方ない。

これから破滅フラグが立たないように決闘で縛りつけておけば、とりあえずの根本的な目的は達成される。

まぁ、ぶん殴れない不満はあるものの、今回ばかりはそうする方がいいと判断した。

「あの、ユリウス様。この人捜しには私達も参加してもよろしいのでしょうか？」

「うん、別に構わないよ」

「……よろしいので？　人は多い方がいいというのは、誰にでも分かる鉄則だと思いますが」

「その方が見つけられる可能性が高まるんだ、僕の私利でその子を助けられる可能性は下げたくない」

流石は主人公と言うべきか。

その発言が悩むことなく出てくる辺り、人のよさが窺える。

「といっても、負けるつもりはないから。尤も、協力してくれる友達はこっちにもいるしね……もちろん、公平に二人ほど」

「……ご主人様には出てこないワードが飛び出ました」

「お、おおおおおおおお俺だって頑張ればランドセルを背負ったまま友達百人できるわいっ！」

ユリウスは何やら慌てて弁明するイクスを他所《よそ》に、ゆっくりと立ち上がる。

「それじゃ、時間も限られているし早速始めよう――期限は見つかるまで。一日でも一週間でも大丈夫だから」

「ぐぬぬ……すました顔をしやがって！　友達百人のプレイボーイに負けるかってんだッッッ！！！」


そして――

「だぁぁぁぁぁぁぁぁぁぁっ、くそッ！　なんでキューティーなイベントが一気に野郎にケツを追われるハメになってんだ!?」

その日の陽が落ち始めた頃。

イクスは人気のない路地裏を走っていた。

背後には、黒い装束にお面をつけた男達が何人も迫っており、イクスの腕には小柄な少女が抱えられている。

その子の首からは大きな、、、、、ロザリオが、、、、ぶら下が、、、っており、

「イクス、前っ！」

「ッ!?」

イクスはスライディングの要領でしゃがむと、すぐさま頭上を一振りのナイフが横切った。

指先から赤い線を伸ばしているイクスも合わせるように腕を振るい、直後にナイフを持った男が燃え上がる。

「ちくしょう、スリリングな鬼ごっこ……ッ！　こんなの、子供が遊び感覚で挑んだらお母さん達泣いちゃうぞ！」

「ご、ごめんなさい……私のせいで……ッ！」

「いいから黙って俺の服でも摑んでろ！　お前のせいじゃないってことはその顔見てれば分かるよ！」

「で、でも――」

「お前は安心して悪役《ヒーロー》に寄りかかってればいいんだ！　絶対に俺が家まで帰してやるから！」

「〜〜〜ッ!?」

泣き出しそうで、でもどこか頬が染まっている少女を抱えたままイクスは跳躍し、屋根の上に登る。

そして、どこにいるかも分からない男に向かって叫ぶのであった。

「ふざけんなよ……マジであの主人公、俺になんの荷物を背負わせやがった!?」

時は、四時間前まで遡る――

◆
◆
◆

イクス達はユリウスと別れたあと、とりあえずの作戦会議をするために近くのカフェへとやって来ていた。

店内も開放的なテラスにもかなり人の姿があり、繁盛した賑わいを見せる中でイクスはテーブルに地図を広げる。

「んで、これからどうするかなんだが……」

横にはジュースをちびちびと美味しそうに飲むセレシア、対面には広げた地図へ真剣な顔を向けるクレアの姿。

この二人の表情はかなり違う。これだけで、どちらがどうこの人捜しに取り組んでいるのかが分かるだろう。

「定石的に考えれば、別れて捜して行くしかないだろうな。ただ、この王都を三人で捜すとなると骨が折れるが……」

「更に骨が折れるようなお話を。前提として、この街にいるかどうかも分かりません」

セレシアの言う通り、人捜しはあくまで王都の冒険者ギルドから依頼を受けただけで、対象の人間が王都にいるかは分からない。

こういう失踪が単に迷子なのか、それとも何かしらの事件に巻き込まれたか、あるいはもうこの世にいないのか。

この依頼の裏に隠された情報の重さによっては、王都の外まで広がる可能性は高い。

「とはいえ、いきなり海から宝石なんか捜すかよ。まずは池の中から捜してみないと始まらん」

イクスは地図を指差し、クレアに視線を向ける。

「とりあえず、三手に分かれよう。クレアはこっちで――」

「私とご主人様はこちらですね」

「ず、ずるいぞ！　だったら私もそっちにする！」

「三手って言ったよなァ!?」

分かれるという言葉が無に返ってしまった。

「しかし、ご主人様。見つけた時にしろ、見つからなかった時にしろ、連絡手段は必要では？」

「スマホがあればなぁ……懐かしいなぁ……」

「スマホ？　スマホとはなんだ!?　新しい鍛錬か!?」

「黙れベージュおぱんちゅ騎士」

「な、なななななななんでまた知っているんだ!?　さっき履いたばっかりなんだぞ!?」

セレシアがこっそり教えてくれた……ということは言わないでおこう。

それにしても、中々攻めた色っぽい下着を着けてくるものである。

「まぁ、でも連絡手段がないと辛いよなぁ……そうじゃないと、時間と集合場所を予め決めておかなきゃならないし――」

そう愚痴っていた時だった。

「あれ、イクスくん？」

本当に偶然に。

飲み物を持っているアリスが姿を見せ、通り過ぎようとしていた足を止めた。

「あ、ヒロイン」

「ヒロイン？」

「な、なんでもない……気にしないでくれ」

聞き慣れない単語に可愛らしく首を傾げるアリス。

イクスは誤魔化すように咳払いを入れ、素早く話題を変えた。

「アリスはどうしてここにいるんだ？　友達と優雅なお茶タイム？」

「ううん、ちょっと近況を確認しに来ただけ」

「近況？」

「ここ、私が経営してるお店だからね」

イクスだけでなく、セレシアとクレアも驚いた顔を見せる。

何せ、こんな若いのに自ら店を持っているのだから。

しかも、王都という国の中心で、これだけの繁盛を見せている。

流石は世界的に有名な商会の娘か。

改めて、イクスは同い歳の女の子の手腕に感嘆する。

「はぁー……凄いな、アリスは」

「あははは……本来はあんまり顔は出さなくて裏方が多いんだけどね。でもちょっとお金をもっと稼がなきゃいけなくなっちゃったから……」

ジトーっと。

何やらセレシアとクレアから視線を向けられる。

何故だろう、不思議だ美少女からの視線怖い。なんて思った鈍感イクスくんであった。

「そ、それで……イクスくんは今日どうしたの？」

アリスは「座ってもいい？」と、イクスからの了承をもらってクレアの横に腰を下ろす。

「あぁ、ちょっと決闘してたな」

「イ、イクスくんは相変わらず血気盛んだねぇ……でも、なんかかっこいい」

「ん？　なんでかっこいいかは分からんが……そんで、人捜しをすることになった」

イクスはユリウスからもらった依頼書をアリスに見せる。

すると、アリスは目を通したあとにすぐ考え込み始め——

「……もしかしてさ、連絡手段とかほしかったりする？」

「ふふふ、お嬢さんはエスパーかい？」

ドンピシャでほしいものを言い当てられました。

「試作段階だけど、最近うちの商会で通信専用の魔道具を開発してて、その試作品があるんだけど……使う？」

「いいのか!?」

まさかの棚からぼたもちに、イクスは立ち上がって食い気味に顔を近づける。

そのせいでアリスの頬が真っ赤に染まったのだが……アリスはどうにか激しく高鳴る鼓動を抑えて口を開いた。

「う、うん……英雄様……じゃなかった、イクスくんのためだし、人助けっていう話なら協力しないわけにはいかないよ」

「ありがとう！　マジでありがとう！」

「アリス、私からも礼を言うぞ！」

「あはははは……なんだかむず痒《がゆ》いなぁ」

照れるように頬を掻くアリス。

流石はヒロインというべきか、その仕草が大変可愛らしく、発言が男の理想を体現したようなものであった。

イクスは内心で「こりゃ、ヒロインに選ばれるのも無理ないわぁ」なんて、対面にいる残念サブキャラを見て少しばかり感動していた。

（こ、これでイクスくんとお話しする機会増えた、よね……？）

ただ思っていたのとは違う、乙女らしい理由が裏に潜んでいるのだが……そこにイクスが気づくことはなかった。

「あと、私も王都のお店の人に聞いてみるよ。こう見えても、商会繋《つな》がりで結構ツテがあるからね！」

「ほんっっっっっっっっっと頼りになりますっ！！！」

――本来であれば、アリスがイクスに対してここまですることはなかっただろう。

しかし、これもシナリオに抗った結果か、はたまた執念から引き起こした結果か。

逆らうことさえなければシナリオの変化など興味もないイクスは、どうしてアリスが手を貸してくれたのか……気にする様子もなかった。

「む？　どうしたのだ、セレシア？　先程から頬を膨らませているが」

「むぅー……伏兵現る、ですか。ご主人様のたらしっぷりには困ったものです」

◆◆◆

結局、セレシアの我儘《わがまま》を押し返して三手に分かれて捜すことになった。

アリスから通信用の魔道具を受け取り、各自それぞれ散らばっていく。

見つかり次第で終わりにはなるが、見つからなければ陽が沈むまでは捜索する。

ユリウス達がどんな捜索をしているのかは分からない。

とりあえず、自分達のペースで捜すイクスであったが――

『東の三番街で首から大きな……っていうか、特徴的なロザリオを下げている女の子を見かけたんだって。誰か近くにいる？』

捜索を始めて三時間。

アリスの協力もあって、意外と早くに情報を手に入れることができた。

（んで、俺が一番近くにいる、と）

イクスは三番街と呼ばれる通りを慎重に歩いていく。

普通、人捜しともなれば人が多いところにいる可能性は低い。何せ、その方が見つかる可能性は高くなるからだ。

もちろん、木を隠すなら森の中――人を隠すなら人混みの中精神で行うのもあるだろうが、特徴的なロザリオを下げているのであれば否が応でも誰かの視線に入ってしまう。

（そう考えると、路地裏とか店の中とかを重点的に捜せばいいんだろうが）

とはいえ、もう陽はすっかり暮れ始めていた。

通りにも人の姿はほとんどなく、静けさだけが辺りに広がっているような形。

はてさて、どこにいるのか？

イクスは近くの路地裏に入り込み、周囲を見渡しながら歩いていく。

近くでどこか同種の人間の気配がする。だが、イクスが捜しているのはむさくるしいお友達ではなく、可憐な子猫ちゃんだ。

だから特に気にする必要もないと歩を進め、ふと気になって真横のダストボックスの中を開けた。

すると——

「ッ!?」

「あっ」

その中に、何故か小柄な少女の姿が。

金の装飾をあしらった修道服を着ており、首からは少し大きなロザリオがぶら下がっている。

(この服って……)

どこかで見覚えがある。

はて、どこだったか？　イクスが頭を悩ませていると、

「〜〜〜ッ!?」

その女の子はイクスの顔を見るなり、飛び出して走り出そうとした。

咄嗟……とも言えないが、イクスは腕を掴んで少女を引き留める。

「おいおい、かくれんぼは見つかった時点でゲームオーバーだろ？　そんな人の顔見るなり逃げちゃ、鬼さんも自分の容姿の至らなさに涙しちゃうぞ」

「は、離してっ！」

「離してって……」

「私と一緒にいいいいるところを見られたらーー」

そう言いかけた時だった。

イクスは少女の腕を引っ張って己の体ごとしゃがませる。

すると、先程まで胴体があった場所を鋭利なナイフが通過した。

「へっ？」

先程から感じる気配は、ユリウスの言っていたお友達のものだと思っていた。

イクスを追い、漁夫の利を狙うような形で動いているものだと。

だからこそ、こんな手荒すぎる真似をするとは思っておらず。

『『『『…………』』』』

イクスの周囲を、黒装束を纏った人間が何人も囲っていく。

顔は仮面によって分からないが、恐らく体格的には全員が男だろう。

思わず頬が引き攣ってしまう。

抱き締めている女の子に向かって、ボソッとイクスは呟いた。

「(……一応念の為願望も含めて聞くけど、あれは迷子の君をお迎えに来た保護者さん？)」

ふるふると、女の子は全力で首を横に振る。

天を見上げ、イクスはどうしようかと考え始めた。

（シナリオにあったイベント……っていうわけじゃなさそうだよなぁ）

そもそも、こんな女の子は登場しなかったような気がする。

イクスの記憶違いということがなければ、これは間違いなくシナリオ外のイベント。

なんでそれに俺が巻き込まれてんだよ、と。思わず泣きたくなったイクスであった。

しかし――

「……お前、名前は？」

「ふぇっ!? え、えーっと……ソフィー、です」

「そうか、ソフィー。俺はイクスだ……今から恐らく今後の人生の中でも貴重な選択をさせてあげよう」

「このままあの男達に遊ばれるか、お兄ちゃんと一緒にお家に帰るか……どっちがいい？」

真っ直ぐに、それでいてどこか安心させるような眼差しを浮かべて、イクスは尋ねた。

きっと、これは。

イクスの中身が元々持っている優しさが表に出てきたからこそのセリフなのだろう。

今までもどこか片鱗《へんりん》を見せてきた優しさ。

それを一身に受け、少女――ソフィーは、瞳に涙を浮かべて、

「お、お家に帰りたい、です……ッ！」

そう言った、はっきりと。

イクスは小さく笑い、少女をそのまま抱きかかえた。

「きゃっ！」

「だったら、しっかり悪役《ヒール》の手綱でも握っておくんだなッ！」

イクスは片手の指先から禍々《まがまが》しくも赤黒いブレードのようなものを伸ばした。

そして、それを正面の男達——の頭上へと、思い切り振り抜く。

燃費の悪い、溶岩のブレード。

それは建物を容易に溶かし斬り、瓦礫《がれき》が男達目掛けて降り注いだ。

『『『ッ!?』』』

戸惑い、回避に向かう黒装束の男達。

イクスはその隙を見て、少女を抱えながら走り出した。

「セレシア、クレア！　鬼ごっこが始まったぞ、合流してお姫様をお城に戻すまでの手伝いに変更だ！」

『どういう状況か分からんが、了解した！』

『承りました、ご主人様』

耳元の通信用の魔道具からの返事を聞いて、イクスは獰猛《どうもう》に笑う。

ただ、その姿は恐ろしいというわけではなく——

「さぁ、逃げるぞソフィー！　絶対にお前を家に帰してやるッッッ！！！」

どこか絵本に出てくる英雄《ヒーロー》、のように見えた。

◆◆◆

流石にこんなスリリングな鬼ごっこなんてしたことはなかった。

今まで主人公達に目に物見せてやるために色々なことはしてきたが、人一人守りながらの鬼ごっこは初。

意外と厳しいものがある。

動き難いのは間違いないとして、少女を傷つけないように立ち回らないといけない。

加えて――

「ちく、しょう……ッ！」

急ブレーキをかけて、ソフィーの頭を庇うようにしゃがむ。

すると、頭上を何本ものナイフが通過して虚空へと消えていった。

（人数は多いわ、どこから出てくるか分からんわ、暗いわ……っていうか、こいつら誰よ!?）

泣き言を言っている余裕はない。

いくらイクスの個人的な戦闘能力が高くとも、集団で襲われ……あまつさえ、誰かを守りながらとなるとキツいものがある。

現状、逃げるので精いっぱいといってもいいだろう。

(本当は魔法が使えればいいんだが……こんな街中でバカすか魔法なんて撃てば、被害が大きい。俺のお小遣いじゃ、絶対に賄えんぞ流石にィ!?)

暗闇から這い出るように、目の前から黒装束の男が現れる。

鋭利に光るナイフ。それが視界に入った瞬間、イクスは赤い線を振るって男を発火させた。

「クソッ！　冒険者ギルドってなんでこうも遠い場所にあるかね……ッ！」

「冒険者ギルドに行くの!?」

「行くよ、そりゃ！　お兄さんはそこから依頼を――」

「だ、だめっ！」

ソフィーが服を引っ張る。

「あそこに、人いっぱいいる……」

「…………」

確かにそうだ。

冷静に考えれば、依頼がされている以上情報は出回っている。

情報がほとんど隠されているとはいえ、追っている人間がはっきりとソフィーを認知しているのであれば、出回っている依頼がソフィーを対象にしていることは容易に判断できるだろう。

ならば、待ち伏せされていてもおかしくはない。

（だったら、どこに行く!?　一旦俺の屋敷に――）

そう考え込んでいた時だった。

「後方不注意ですよ、ご主人様」

ドサッ、と。何かが倒れる音が背後から聞こえてきた。

背後を振り返ると、そこには地面に倒れ込む男と――一振りの剣を携えて佇む少女の姿が。

「……ご主人様のお尻を追いかけていいのは私だけです。まったく、変なファンを作らないでください」

「そういう文句は、あのキザったいイケメンに言ってくんねぇかなぁ」

「ふふっ、冗談です。ご主人様の優しさが久しぶりに見られて、メイドは少しあの男に感謝しております♪」

なんで？　と首を傾げている時、屋根の上からゾロゾロと黒装束の男達が現れた。

セレシアは小さく嘆息すると、イクスに向かって口を開く。

「はぁ……せっかくご主人様と疑似的に愛の逃避行を行えると思っていたのですが」

迎え撃つようにして、イクスへ背中を向けるセレシア。

ここは任せてくださいと、そう言っているように思えた。

「あ、あとでちゃんとご褒美をやるから！」

「でしたら、一緒にお風呂です」

「それって俺へのご褒美じゃね？」

まぁ、いいけど、と。

イクスはソフィーを抱えて次の建物の屋根へ飛び乗った。

「い、いいの!?　あのお姉ちゃんが……」

「あのお姉ちゃんなら心配するな。怒ると怖くてお兄ちゃんだって逆らえないような女の子だから」

それより、もだ。

このまま闇雲に逃げ続けるのは得策ではない。

いい加減に、どこか行き先を決めないと——

「なぁ、次はどこに行けばいい!?　お前だってオチのないかくれんぼなんてしてたわけじゃないだろ!?」

「だ、大聖堂」

「は!?」

「大聖堂に、行こうとしてました！　そこなら、あの人達も手が出せないと思うから……」

今いる位置から大聖堂までは少し距離があるものの、決して遠いわけではない。

冒険者ギルドよりも近く、走っていけばすぐに辿り着くだろう。

ただ、これは冒険者ギルドに向かえない理由と同じで。

相手が逃げ込みそうなところに待ち伏せをするのは、鬼さんの定石でもある——

「だよなぁ……！」

走り続けて、巨大な十字架が視界に映ったところで、またしても黒装束の男が目の前に蟻のように現れる。

「人気者すぎないか、お嬢さん!?　ちょっとその人気を少し分けてほしいぐらいなんだけど！」

「い、いるの……？」

「……いや、やっぱり野郎のファンはいらん」

目的地はすぐそこ。目の前には行かせまいとする追手。

イクスの頭に「正念場」という文字が浮かび上がる。

「……お嬢さん、ちょいとボールの気分を味わってみようか」

「ふぇっ？」

何を言い出すんだろう？　そう思っていると、徐《おもむろ》に何故か自分達を覆うように土のドームが形成された。

「お、お兄ちゃん……？」

「さぁさぁ、目的地までの片道切符！　この際、被害額は主人公にも負担してもらおう！」

――ソフィーはこの時、知る由もなかった。

本来、土のドームなど使わなくてもいい。

魔力適性の高いイクスであれば、熱への耐性は高く、今回に至ってはソフィーを守るために作られたことを。

それ故に、外の景色が分からない。

だからこそ、外の戦いを知る由もない。

『な、なんだ!?　赤い巨人!?』

『クソ、ふざけんな!?』

イクスの真横に現れたのは、周囲一帯を照らすように鈍く赤黒く輝く、大剣を携えた巨人。

黒装束の男達の肌へ、焼き焦がすような熱が届く。

しかし、男達が何かをするまでの間に――巨人は、手に持っていた大剣を振り抜いた。

それは、さながらゴルフでもするかのよう。

イクス達を包んだドームは勢いよく飛ばされ、大聖堂の天井を突き破って落下した。

「ツッッ!!???」

わけも分からず、ただただ揺らされたソフィーは声にならない悲鳴を上げた。

衝撃が少なかったのは、イクスが庇うように抱き締めてくれていたからだろう。

ゆっくりと、視界が明るくなったような気がする。

だけど――

「な、なぁ……お嬢さん、あとのことは頼んでいいかな?」

頭上から聞こえた、イクスの声。

ソフィーはゆっくりと瞼を開けると、そこには黒装束の男――ではなく、白い甲冑《かっちゅう》を纏った騎士達が、イクス達を取り囲んで剣を向けている姿があった。

「弁明してくれないとお兄さん、豚箱行きだと思うんだ」

「あ、あのっ！　そんなことさせないから！　っていうか、皆剣をしまってよぉ！」

かっこよく女の子を助けた悪役《ヒーロー》。

その終わり方は、両手をあげて頬を引き攣らせているという……なんとも情けない姿であった。

◆◆◆

やっぱり、破滅フラグって立つもんなんだね。

改めて、自分の立場を今一度自覚したイクスくん。

そんな彼の周囲には、剣の切っ先を向けている白い甲冑を着た騎士の姿。

大聖堂は、教会の象徴……宗教の中心である女神の恩恵を纏った聖女達が住まう場所だ。

一介の信者や一般人はもちろん、一部の関係者以外は立ち入りが許されない聖域。

そこへゴルフのボールよろしくやって来たのだ……当然の出迎え。突然の訪問にかかわらず迅速にやって来ている辺り、流石は一大宗教のお膝元と言うべきか。

イクスは両手を上げながら周囲を見渡し――

「……こいつらぶっ倒せば、破滅フラグは回避できるか？」

「イクス!?」

何やら物騒な呟きを聞いて、ソフィーは驚かざるを得なかった。

「安心しろ、殺しはしない……そう、ただお兄ちゃんはこのまま生き延びたいだけなんだ」

「私、頑張るよ!?」

「マジで頑張ってくれ……俺はこの人生、独房と首チョンパを回避するために生きてきたと言っても過言じゃないからなッ！」

ぶっちゃけなんとなくソフィーの正体に気づき始めてきている。

恐らく、ソフィーは教会の重要ポストに座る人間……この若さを考えるに、女神の恩恵を賜った聖女だろう。

だからこそ、イクスのこれからはソフィーの腕にかかっている。

そう、マジでちゃんと弁明してくれないと聖域を犯した罪人として扱われる恐れがッッッ！！

「ソフィー様!?　ご無事だったのですか!?」

そう思っていた時だった。

一人の騎士が皆の中から顔を出して現れる。

艶やかな金色の長髪。女性でもちゃんと騎士できるんだ、と。どこぞのベージュおぱんちゅの姿を思い出したイクス。

そんな年齢的には思春期な男を他所に、女性騎士はソフィーへ近づいた。

「あぁ……よくぞご無事で。訪問先の教会が襲われ、行方不明と聞かされた時は心臓が止まる思いでした……ッ！」

「な、なんとか護衛の人達のおかげで逃げてきて……その、ここに向かおうとしている最中にイクスが……」

チラリと、ソフィーがイクスに視線を向けたことで、女性も同じように見る。

すると、徐に頭を下げてきた。

「ありがとうございます。状況から鑑みるに、貴方様が聖女様……ソフィー様を連れてきてくださったのですね」

「お、おぅ……そう、だけど」

なんだすんなり感謝されたぞ。

殺されそうになった割には拍子抜けな対応に、イクスは思わず戸惑ってしまった。

「何事ですか」

すると、今度は声と共に騎士達の間に道ができる。

そこから優雅に現れてきたのは、寝間着を着ているプラチナブロンドの女性で――

「ソフィー、ですか？　無事だったのですね……」

その女性はソフィーを視界に入れるなり、崩れ落ちてしまう。

周りの騎士達に支えられるが、本当に安堵したのだと窺える姿。

だからこそ、イクスはもう大丈夫だと――

「あ、あー……セレシア、そっちはどう？　今、最高に清くて穢《けが》れのない場所にいるんだけど……俺って美談似合わないいし出迎え頼めるぅ？」

『ご主人様……私、絶賛赤色のシャワーを浴びて……ぺっ、鉄の味』

『ま、待ってろ主人！　今馬車を……って、清くて穢れのない場所ってどこだ？』

大聖堂、とそう告げて。

イクスは速攻で帰宅の準備を始めようとしていた。

◆◆◆

まぁだからといって、「んじゃ、俺帰るわ」なんてすぐにできるはずもなく。

ソフィーは今までの疲労が溜まったのか倒れて、騎士に連れられていってしまい――

「この度は誠にありがとうございました」

大聖堂の中にある部屋の一つ。

そこでイクスは代わりにプラチナブロンドの女性――三人の聖女の一人であるウルミレアに恭しく頭を下げられていた。

そんな一介の人間がお目にかかれないような女性を相手に、イクスは頬を引き攣らせる。

「……すんません、なんかさっきから肌がピリピリして落ち着かないんで帰ってもいいです？」

「ピリピリする、とは？」

「生存本能が警報でも鳴らしているんじゃないっすかね？」

大聖堂はシナリオの一つで大いに関わってくる場所だ。

もしかしたら、悪役としての本能が「危険」だと訴えているのかもしれない。それか、美人を前に緊張しているか、だ。

「……失礼しました。確かに、ソフィーを襲った人間が周囲にいる事実があった以上、危険なのは間違いありません。であれば、本日泊まっていかれてはいかがですか？　流石の相手も、大聖堂には手出しができないでしょうし」

「じ、自分の枕じゃないと寝れなくてー」

「ふふっ、可愛らしい側面がおありなのですね」

そこまで言われては、と。

ウルミレアは上品な笑みを浮かべたあと、すぐに引き締まった顔を見せる。

「では、一つ……ここにお呼びした要件だけお伝えします」

「要件？」

「はい、これは教会として……一人の姉としてのお願いです。報酬は望むものすべてを差し上げます」

また大きく出た話だ。

望むものに際限も、具体的な提示もしなかった。

つまりは、どんなことでもするからお願いを聞いてほしいという証左――イクスとて、思わず身が引き締まってしまう。

そして――

「ソフィーを助けてくださった貴方様のお人柄と実力を見込んでのお願いとなります――どうか、、、、エミリアの護衛を引き受けてくださらないでしょうか？」

そんなお願いを、悪役《イクス》にしてきたのであった。

◆◆◆

ウルミレアから、事情の説明が始まった。

どうやら、今回ソフィーが襲われていたのは『神の不在』を謳《うた》うカルト集団。

巡礼のために訪れていた教会が襲撃され、行方不明となっていたのがソフィーだったらしい。

教会の騎士や冒険者ギルドにお願いをして捜索していた状態であり、そこへようやくイクスが連れてきてくれた。

後程事情は詳しく聞くことにはなるが、恐らく護衛の人間達のおかげで王都までやって来られたのだろう。

どこかへ逃げ込むこともできた。そうしなかったのは、きっと自分がいることで生まれる被害を本能で避けたからこそだと思われる。

ソフィーは恐らく今回の件でしばらく大聖堂からは出ないだろう。

しかし――

「エミリアだけは違います。あの子は学園へ通わなければなりません」

「辞めちゃえばいいのに」

っていうか、辞めろ。

なんて心の中でヘイトを吐いたイクス。

「それができたら苦労しませんよ。エミリアは教会とこの国が懇意にしている友好の証として通っているのです。こちらの事情で退学や休学を行えば、国との関係に亀裂が入るかもしれません」

国は巨大な組織だ。

本来であれば人一人の命に関わる故、安全を考慮するべきなのだろうが、政治とは簡単にいかないもの。

それは象徴とも呼べる人間だとしても変わらず、教会としても頭では納得しなければならない話。

いくら国側が認めたとしても、他国からしてみれば「いざこざがあったか？」などと、今築いている関係に横槍を入れられかねない。

「そこで、学園に通っているあなたにお願いしたいのです……イ、イ、イクス様」

知られてら、と。

イクスは頬を引き攣らせる。

「教師とかにお願いすればいいでしょうに」

「教師よりも生徒の方が動きやすく、同じ時間を過ごすのであれば教師を選ぶ理由がありません。ましてや、ここまでソフィーを守りながら辿り着いたあなたであれば、腕には問題ないでしょう」

「うーむ……」

腕を組み、イクスは酷く真剣な表情で頭を悩ませる。

その思考の中身は――

(すっっっっっっっっっっっげぇやりたくねぇ)

こんなもんである。

(いや、だって相手は破滅フラグを平気でおっ立てるヒロイン様だろ？　死ね……とまでは思わんが、こっちとしては休学とか退学してもらう方が助かる)

ヒロインが一人いなくなるだけで心の持ちようが違う。

いくら腕っぷしでフラグを叩き折るつもりであっても、心配事がないのであればそっちの方が楽なのだ。

それを、わざわざ自分が重たい腰を上げてまで守りたいかと言われると別。

（ほんと、変な荷物を背負わせやがって、あの主人公……絶対決闘なしにぶん殴ってやる）

ただ、こうして悩んでいる時点で葛藤がある証左。

平気で入学早々遅刻を決め込む人間が重鎮相手に気を遣っているなんてことはない。

（……つまるところ、助けてあげたいって思ってる俺がいるってことなんだよなぁ）

マジでどうすっかなぁ、と。

イクスは内心で頭を掻く。

すると――

（いや、待てよ……そういえば、このカルト集団ってボス的な人間がいたよな？）

ボスというより、リーダーに仕えている戦闘要員のこと。

聖女のシナリオでは主人公もかなり苦戦した相手であり、中盤のイベントのボス的な位置に立っていた。

（つまるところ、このまま俺がヒロインの傍に居続けたら出会う可能性がある……強い敵と戦える!?）

もし、イクスの内心をセレシア辺りが聞いていたら「はぁ、また戦闘狂《バトルジャンキー》思考ですかやれやれ」と肩を竦《すく》めていただろう。

しかし、イクスにとっては正常そのもの。

何せ、強い敵と戦えばより強くなると相場が決まっているのだから――

（ふふふ……最近、実力を見せつけるという保守的な思考ばかりだったからたまにはちゃんと気を引き締めていかないと三段腹のおデブちゃんになっちゃうし、案外いい話なのかもふふふ）

そうと決まれば、と。

イクスは顔を上げ、力強く頷いた。

「お任せください、聖女様！　この俺が！　エミリアのことを守ってご覧にいれましょう！」

「本当ですか？　ありがとうございます、イクス様」

ウルミレアがホッと胸を撫で下ろす。

「首を横に振られたら、以前不問にした『エミリアに水をぶっかけた』という話を掘り返そうと思っていましたが……杞憂でした」

イクスもホッと胸を撫で下ろした。

「そうなれば、当初お話ししていた条件を擦り合わせましょう」

「条件？」

「ええ、聖女は教会の象徴……いわば、心臓です。私を含め、それが守られるのであれば相応の対価はお支払いいたします。私個人としても、妹のような彼女を守っていただけるのであればなんでも望むものを提示する覚悟はあります」

「ふーむ……」

対価のことがすっぽり頭から離れていたイクス。

またまた、腕を組んで頭を悩ませる。

（対価とかあんまり興味がないし、かといって「いらない」って言うと引き留められそうで嫌だし……）

何かいい案はないものか。

そんな考えの元、イクスはまだまだ頭を悩ませる。

（そういえば、聖女って治癒が得意なんだよな？　だったら、怪我しても治してもらえる……そうすれば、鍛錬し放題じゃね？）

毎日一緒というわけにはいかないが、たまに付き合ってくれる時に文句を言わずに治してくれる人間がいたら嬉しい。さらに強くなれるやったね。

我ながら妙案だと、イクスの顔に笑みが浮かぶ。

そして――

「だったら、聖女《あなた》がほしい」

「…………………………………………………………」

…………………………………………………………

……ふぇっ!?」

――ウルミレアの顔が真っ赤に染まった。

風邪かな？　なんて思ったイクスであった。

◆
◆
◆

さて、目の前の聖女様のお顔が真っ赤に染まってしまった。

とはいえ、身に覚えのないイクスは首を傾げるばかり。

ウルミレアは咳払いを一つ入れると、染まった頬を残したままおずおずと口を開いた。

「ち、ちなみに……それはどういった意味でしょうか？」

イクスは「何言ってんだ？」と、少し真面目な顔で返答する。

「そのままの意味ですが？」

「～～～ッ!?」

またしても、ウルミレアの顔が茹でダコのように赤くなった。

初心《うぶ》で清らか、更には閉じた環境にいるからこそこういった類いには慣れていないのだ――下心ありきの遠回しなアプローチなどではなく、こういった直球《ストレート》なお言葉は。

しかし、ウルミレアは教会の聖女……三人のお姉ちゃん的な存在なのだ。

もしかしたら、単に聖女の力がほしくて口にしたのかもしれない。

ソフィーを助けたのも意図的で、正当な経由だとコンタクトが取れないからとわざと――

（い、いえ……ソフィーの情報は伏せておりました。意図して狙うのであれば、反宗教組織の人間だけ。しかし、もしそうなのであれば手中に加えるよりも今ここで私を殺せばいいだけのはず……)

分からない。どうしてイクスがこのようなことを口にしているのか。

言葉通りの意味なのか、それとも裏があるのか……信頼できる人なのは間違いない。いずれにせよ、ここはしっかり者の長女として安易に流されるわけにはいかないッッ！！！

「な、何故……そのようなお願いをされたのか、聞いてもよろしいですか？」

「ふむ……」

一方で、イクスは内心で少し不満に思っていた。

(なんでもいいって言ったから提案したのに……随分と渋るじゃないか、お財布の紐が固いケチんぼお姉さんめ)

正直に言えば、今からでもこの提案を破棄して違うお願いにしてもいい。

だが、一度思ってしまうと、これ以上のお願いは中々思いつかないわけで――

(……仕方ない。余計なことは考えず、この想いをぶつけるだけの俺の説得スキルをお見せする時がきたようだな)

聖女の力はほしい。

正直、エミリアにでも前のお礼を差し替えるようにしてお願いすればいいのかもしれないが、せっかく相手から「なんでも」と言っているのだ。

迷っている感じが醸し出され始めたが、断られるかもしれない相手よりも断られる可能性が低いウルミレアにお願いした方が建設的である。

だからこそ、イクスは真っ直ぐにウルミレアの瞳に向かって――

「俺のために、聖女《おまえ》がほしいんだ」

「ッ!?」

「誰かじゃなくて、俺がほしいのは聖女《きみ》だけなんだ」

「ッツッ！！！？？？」

「絶対に後悔はさせない。聖女《おまえ》のために、必ずエミリアのことは命に代えても守ってやる」

「～～ッツッ！！！？？？」

真摯《しんし》な想い。

嘘偽りないというのは、イクスの顔を見ていればよく分かる。

まぁ、ただ言葉が圧倒的に足りないというだけで。

ウルミレアは、今まで浴びることのなかった直球《ストレート》すぎる言葉に、頭から湯気を発していた。

（な、何故私なのですか!?　先程初めましてだったはずですが!?）

もうここまで聞いていれば、他の打算がないことは理解する。

ただ、今度は「どうして自分なのか？」という疑問が浮かび上がってしまっていた。

ウルミレアは群を抜いて容姿が整っている。

そこいらの男であれば、聖女という存在であることを抜きにしてもウルミレアという女性とお付き合いできれば大層喜ぶだろう。

ウルミレアは自分の容姿が整っているということを、ある程度パーティーなどで向けられる男達の視線で理解はしていた。

つまり、そこから考えられる結論は——

(ひと、めぼれ……っ!?)

実際は違うのだが、乙女で男慣れしていない美人はそう思ってしまった。

「どうかされましたか？　さっきから顔が赤いですけど……」

イクスはさっきからよく分からない場面で顔を真っ赤にしているウルミレアを見て、密かに熱を心配していた。

無理もない……先程まで大事な妹が行方不明だったのだから、精神的にも肉体的にも参ってしまうのもおかしな話ではないだろう——なんて、馬鹿な解釈違い。

そんな阿呆は、テーブルから身を乗り出してウルミレアの顔を覗く。

「ふぇっ!?」

眼前に迫る異性の顔。妹を助けてくれた英雄的《ヒーロー》存在。

噂ではクズな男だと聞いていたが、今こうして話していると……そのような気配は感じられない。

むしろ、どこかかっ、こ、い、い、い、い、い、い、い、いっこよく見えてしまう。

だからだろうか、ウルミレアの心臓はイクスに聞こえてしまいそうなぐらい激しく高鳴ってしまった。

(で、ですが……イクス様と言えば、エミリアの口にしていた英雄様で、お慕いしていると……ソフィーもイクス様にだけは警戒心がなく、懐いていますし……お気持ちは嬉しいですが、ここで私が出しゃばって横取りするような真似は……)

しかし、こんなに熱烈にアプローチをしてくれ、妹を助けてくれる心の優しい人がこの先も現れるだろうか？

歳相応。女の子らしい考えが頭の中を渦巻き、考えが纏まらずにいる。

なんでもするとは言ったたし、それで妹が助かるのであればこの身を捧げる覚悟もある。イクスであれば大丈夫だと思っているのだが、妹達のことを考えると結論が出せない。

「なぁ、聖女様……」

そこへ——

「首を、縦に振ってくれないか？」

イクスの、ダメ押しともなろう真剣な想いが注がれた。

「ひゃ、ひゃい……」

考えは纏まっていない。

けれど、眼前に迫るイクスに瞳を向けられるとどうしても心臓が激しく高鳴ってしまい。

顔が真っ赤に染まったウルミレアの首は、しっかりと縦に振られていた。

◆◆◆

「それで、泊まることになったんですか……」

寝間着姿のセレシアが、トランプを一枚引いて場に捨てる。

ことババ抜きにおいて、カードが減れば勝利へと近づいて嬉しいものなのだが……どうしてか、彼女からは美しい顔に似合う笑みではなくじとーッとした瞳を向けられていた。

「しかし、まさかこのような形で大聖堂に足を踏み入れることができるなんてな。これはかなり自慢できる話だぞ」

クレアは揃わなかったのか、引いてすぐに渋い顔を見せる。

「俺だってこんな形になるとは思わなかったんだよ。っていうか、初めは早く帰りたいオーラを出しまくってたはずなのに」

依頼を受けると言ってから、イクスは何故か大聖堂に泊まることになった。

騎士団がより警戒を強めているとはいえ危ないからと、一緒にいた方がエミリアを護衛しやすいからと、ウルミレアに押し切られたような形だ。

『わ、分かりました……あなたが望むのであれば、この身を差し上げましょう。ですが、エミリアやソフィーには内緒にしていただけないでしょうか？　ま、まだ心の準備ができておらず……』

終始顔が赤かったような気がしたが……まぁ、気にすることもないだろう。

そして、そこへセレシアとクレアが合流。二人共襲撃した黒装束の男達と戦闘していたのか、服が真っ赤に染まっていたために入浴、流れで一緒に泊まることになったのだ。

「あら、あがりですね」

「俺もだ」

「ぬぐっ！」

今は就寝前の暇つぶし。

トランプが何故か部屋にあったので、ババ抜きに興じていたのだが——

「ぬーげ、ぬーげ、ぬーげ」

「ぐっ……これも、一つの鍛錬なのか……ッ！」

「靴下ズルいぞ下をぬーげ、ぬーげ」

「んんっ……これが、先輩と主人のいびり……！」

クレアが頬を染め、どこか艶っぽい息を吐き出しながら靴下ではなくズボンを脱いでいく。

柔肌に張り付くベージュのおぱんちゅが露になり、イクスくんの視線が吸い寄せられた。

その時——

「英雄様、いらっしゃいますか!?」

「イクス、いる？」

バンッ！　と。

勢いよく部屋が開け放たれる。

そして、目の当たりにした——一人の女の子が下半身を露出している姿を。

「な、なななななななななななななんで下着一枚なんですか!?」

「風邪引いちゃうよ？」

盛大に顔を真っ赤にさせるエミリア。

加えて、純心この上ないまだ思春期を迎えていない、首を傾げるソフィー。

まぁ、聖女三人が大聖堂に住んでいるのであれば、こうして現れるのは可能性としてあったわけで。

「し、知らない二人に私の下着姿が……んんっ」

「おいこら、お前なんで今興奮した？」

「し、しししししししししてなどいないっ！」

最近変な方向に進化しているくっころ枠騎士ちゃんであった。

「っていうか、ソフィー。もう大丈夫なのか？　今まで大変だったって話を聞いたぞ？」

「う、うん……大丈夫」

おずおずと、ソフィーはイクスの下へ近づいて腰を下ろす。

どこか頭を差し出してきたような感じだったので撫でてあげると、嬉しそうに目を細めた。

妹がいればこんな感じなのかなぁ、と。ふと感慨深くなった。

「珍しいです……ソフィーは滅多に他人へ懐かないですのに」

「主人は意外と子供ウケするのだな」

「……ばーか」

傍から直球《ストレート》な何かが聞こえた。

「ごほんっ！　英雄様、お話はお伺いしました」

ソフィーが近づいてきたタイミングで、エミリアも同じように横に並ぶ。

「ありがとうございます、英雄様。お手数おかけしますが、これからどうぞよろしくお願いいたします」

「おう、気にするな。聖女がもらえるって話だからな」

「ふぇっ？」

少し意味が分からないと、エミリアは首を傾げる。

するとそこへ、高度技術をフルで無駄遣いするアイコンタクトが飛ばされた。

「（一体、なんのお話なのですか？）」

「（いや、今回のお礼に力を貸してもらおうかなって。ほら、どんだけ怪我しても治してくれるんだったら鍛錬し放題じゃん。筋肉に鞭叩き放題だし、Mっ子筋肉大喜び）」

「（なるほど、甲斐甲斐しいメイドのお世話はもういらないと……ぐすん）」

「(言ってないよ、ほしいよセレシアの介抱!?)」

それとこれとは話は別。

メイドのお世話はなんだかんだイクスくんにはご褒美。なくなっては困るため、全力でアイコンタクトを飛ばした。

「しかし、大聖堂に足を踏み入れてしまいましたね……私が英雄様のために連れてきてあげたかったのですが」

シュンと、項垂《うなだ》れるエミリア。

そういえば、そんな話もあったような気がする。すっかりここ最近の変な日々で頭から抜けてしまっていた。

「ほ、他に何かほしいものはありませんか？　この前のお礼の代わりに！」

「え、じゃあ権力」

「分かりましたっ！」

「分かっちゃったのか」

分かってほしくなかったなぁ、と。

冗談で言ったイクスは頬を引き攣らせた。

「そういえば、ご主人様」

「ん？」

「その子が、例の捜していた女の子なのですよね？」

セレシアが絶賛頭を撫でられているソフィーに視線を落とす。

随分懐いている女の子だ。

「あぁ、そうだな」

「……なるほど」

「ん？　どうかしたか？　そんな『肝心なことが頭から抜けて苦労が全部水の泡になってしまいましたねおいたわしや』みたいな発言を躊躇《ちゅうちょ》している顔をして」

「いえ、本当にそう思っている手前言い難いのですが……」

イクスは首を傾げる。

すると、セレシアの発言の意味を理解したのか——パンツ一枚の露出騎士が閃いたかのように口を開いた。

「主人、そういえば！」

そして——

「決闘の内容は捜索対象の女の子を冒険者ギルドに連れて行くというものではなかったか!?」

そう、あくまで今回の決闘は『依頼を達成するために冒険者ギルドへ連れて行く』こと。

ここは大聖堂で、依頼主の要望には応えているものの、冒険者ギルドとしての依頼は達成できていない。

加えて、今回無事見つかったことで冒険者ギルドに提示した依頼は取り下げられるだろう。

つまり——

「決闘、無効ですね……」

「しまったアアアアアアアアアアアアアアアアアアアアアアアアアアアアアアアアッッッ！！！」

その日、新鮮な男の叫びが大聖堂中に響いて少し騒ぎになったのだが……まぁ、余談である。

神の不在

「ふぅーん、そんなことがあったんだねぇ」

もぐもぐと、可愛らしく弁当を頬張るアリスが視界に映り、和やかな空気が漂う。

そんな人気の少ない屋上での昼下がり。

イクス達が大聖堂から登校という異例を成し遂げ、「手伝ってもらったから」と、イクスはアリスへ事の顚末《てんまつ》を話した。

「どう斜めに転んだら大聖堂からの重役出勤になったのか不思議だったけど、そういうことなのかぁ」

「重役出勤したのは主に可愛い妹のせいだけどな」

「妹？」

懐かしい、脳裏に浮かび上がるソフィーの姿。

朝方登校しようとすると「行かないで」と上目遣いに袖を引っ張られ、ごねられたおかげで昼前の登校になったのだ。

そのせいで、聖女と一緒にやって来たイクス達は注目の的。

教師達からの楽しい説教が終わって、現在へと至る。

「気にするな……俺には可愛い妹ができて、ちょっぴりセレシアと本気の喧嘩《けんか》をしただけだ」

「ちょっぴり？」

妹分のお願いを聞かないわけにはいかないイクスと、「私よりもその女の話を聞くのですか……！」というセレシアとでかなり激しい喧嘩になったのは、また別のお話である。

「まぁ、そういうことなら改めて納得できたよ」

「納得？」

チラリと、アリスはイクスの後ろに視線を向ける。

『え、英雄様にご飯を食べさせてあげたいんですっ！　いいじゃないですか、セレシアさんはいつも一緒なんですから！』

『ダメといったらダメなんです。ご主人様のそういうお世話はメイドの特権ですぽっと出のヒロインに入る隙間はありません』

『お、落ち着け二人共！　一応ここには他の生徒も――』

『黙れ水玉おぱんちゅ!!』

『な、なんで私の下着を常時把握しているんだ!?』

そこには、激しく言い争っている二人（＋水玉おぱんちゅ）の姿があった。

「……この光景、ようやく納得できた」

「よく納得できたな」

俺はまだ納得できてないのに、と。

アリスの適応能力に舌を巻いたイクスであった。

「でも、本格的に狙い始めるなんて……ちょっと心配だなぁ」

「心配？」

「そうそう、例のカルト集団の話ね」

弁当箱を置き、アリスは面倒臭そうに空を見上げる。

「人の命……が心配っていうのは前提として、商人としての視点でも争いごとって悩みの種の一つだからさ」

「そうなのか？」

「うん、戦争だったら食料や武器の需要が高まって繁盛する商人も増えるけど、そうじゃない場合は痛手の場合が多い。たとえば、街が戦場になって店が潰れちゃうとか、食料ほしさに強奪してくるとか」

戦争は国や領主が行うもので、限りこそあるものの財源は正規の場所から支払われる。

それは、戦争といえども正規のルールに則って行っているからだ。

一方で、そうでないいざこざにはルールも倫理もない。需要が生まれる側面、その需要を金で解決しようとしないケースもある。

加えて、ただただとばっちりを受けて被害が出る可能性だってある。しかも、そうなってしまった場合の被害の補塡先は生まれない。どこにも請求できず、ただただ泣き寝入りの場合が多い。

「あ、今の発言は商人としてだからね？　いち個人としては、誰かが泣かないように早く解決してほしいって思ってるかな」

「……流石ヒロイン」

「ヒロイン？」

相変わらず心優しいこって、と。

イクスは可愛らしく首を傾げるアリスを見て思った。

(俺としても護衛解消とかも含めて、早期解決を計りたいものだが……)

ゲームでカルト集団こそ登場するものの、シナリオではあまり明確に説明されていなかった。

突然現れて、突然ヒロイン達を襲って、ボスのような存在を倒したら教会側がいつの間にか解決していた。

こうしてよく分からず何も動けないのは、ゲームが裏側の事実まではっきりした現実になった弊害だろう。

現れるのを待つしかない。今の現状は、ざっとこんなもんだ。

「にしても、『神の不在』かぁ……」

「ん？　どうかしたか？」

「ううん、ちょっと変なこと思っただけ」

アリスはイクスを見て、ゆっくりと口を開く。

「イクスくんは神様っていると思う？」

「あー……いるんじゃね？」

じゃなかったら転生なんてしてないと思うし。

実際、神様にしかできなさそうなことを体験しているので、二択を迫られれば首を縦に振るしかない。

しかし、そうでないアリスは苦笑いを浮かべて——

「聖女様のいる手前、あんまり言いたくはないんだけど……私はいないって思っちゃうんだ」

小さな声で、そう呟いた。

「理由は聞いてもいいのか？」

「んー……でも、安直だよ？」

「理由なんて誰に聞いても安直だろ、実験を積み重ねた研究の発表会じゃないんだし」

「ふふっ、確かにね」

アリスは後ろで騒いでいる光景——その中のエミリアを見て、ふと苦笑いを浮かべる。

そして——

「神様がいたらさ、自分を慕ってくれる女の子を不幸な目に遭わせないと思うんだよ」

言わんとしていることは分かる。

極端な話とも受け取れる。

不敬であると、罵る人もいるかもしれない。

同調する人間だって現れるかもしれない。

これはあくまで、一人の女の子としての発言。

イクスはそれを受けて……思わず笑ってしまった。

「ははッ、違いいいない！」

「ちょ、なんで笑うの!?」

「悪い悪い、できればその勢いで思い切り神様の頭に溶岩でも流してやれ！」

「流石にバチが当たるんじゃない、こんなこと言った手前で反論するのもなんだけど！」

別にアリスとは違って、イクスは神様がいると思っている派だ。

しかしながら、確かにアリスの言う通り。

可愛い女の子が危ない目に遭うような環境ができ上がっている時点で、いないのも同義。クソッタレだ。

こんな悪役がでしゃばっている時点で、性根が曲がっているに違いない。

それに――

「安心しろ、俺も神様は嫌いだ」

「私は言ってないけど!?」

こんな世界に送った神様は一回殴りたいと思っている。

もちろん、色んな意味で。

◆◆◆

さて、忘れてはいけないことが一つある。

聖女を助け、聖女からお願いされ、聖女を守ることになったが……元を辿ってみたらあら不思議。

全ての元凶――彼《ユリウス》には何一つ特筆したイベントがないじゃないか。

これはいけない。変なことに巻き込まれたというのに彼だけ何も起こらないなんて。

だから、イクスは――

「……殴り込みに行こう」

「ダメですよ!?」

魔法の授業。

剣術の際に足を踏み入れた場所とは違う訓練場で、イクスは順番待ちの間にそんなことを呟いた。

なお、正面ではクラスメイトが一生懸命に魔法を撃ち、横では合同授業で一緒になった聖女のエミリアの姿がある。

「違うんだ、深い意味はない。単純に楽しく友達百人目指して青春を謳歌《おうか》している野郎に一発殴るか溶岩をかけるかしないと気が済まないってだけで」

「弁明になってませんよ!?」

「しかし、大将！」

「ダメなものはダメです！　誰のことを仰っているのか分かりませんが、人を傷つける行いは『めっ！』なんですから！　英雄様が望むなら、私がお友達になります……だから、ね？」

別に友達が多いあいつに嫉妬しているとかそういうのではないのだが。

とりあえず、「めっ！」が可愛い。流石ヒロイン。

しかし、止められたことは止められたので可愛らしくブーイングをしてみせる。

（っていうか、あいつは捜索対象が聖女だったってことは知ってんのか？）

依頼が取り消されれば、依頼を受けた人間には連絡が届く。

そのため、今もまだ決闘が続いている……とは思っていないだろうが、相手が誰だかは教えてもらっていないはず。

ただ、事前に知っていた可能性もあるわけで。

知っていて手伝わせたのか？　なんて疑問が、イクスの頭に浮かび上がる。

（だって、こんなイベントもこんな展開もゲームにはなかったわけだし）

そりゃ、自分が好き勝手動いていればシナリオに変化が起こるのは分かっている。

けれども、何かしらの意図があったのでは？　なんて思ってしまうのも仕方ない。

「そういえば、英雄様。今日も大聖堂にお泊りしてくれるんですか？」

つぶらな瞳のエミリアが顔を覗き込んでくる。

「ソフィーが寂しがるからな。今、セレシアにお泊り道具を準備させている。迷わずお泊まり一択だ」

「そうなんですね！　嬉しいですっ！」

花が咲くような笑み。

本当に嬉しいのだと、気恥ずかしくなるぐらいに伝わってくる。

（っていうか……イクスくんって、こいつに水をぶっかけたんだよな？）

それなのに好意的。

いくら目の前で実力を見せつけたからといって、こうも変わるものなのだろうか？

イクスは思わず疑問に思ってしまったが「逆らう様子もないしいっか」と、花の咲くような可愛らしい笑顔を見て考えを捨てた。

「私、誰かをお家に招くの初めてなので、不謹慎かもしれないですけど……少しだけ楽しみに思ってしまいます」

「ん？　初めてなの？」

「大聖堂に入られる人は限られていますから。もちろん、巡礼やパーティーに参加する際に誰かのお家に泊まることはあるんですけど……」

「ふぅーん」

そんな相手がこんな悪役でいいのか？

普通に思ってしまった。

「ですので、ソフィーも喜ぶと思います。あの子は、人見知りなので……友達という存在ができたことは英雄様が思っている以上に嬉しいはずですから」

「友達っていうより、お兄ちゃん感覚じゃね？」

「ふふっ、そうですね」

ふと、イクスは昨日から今朝までのことを思い出す――

『イクス、もう行っちゃうの……？』

『やだっ！　イクスと同じベッドで寝る！』

『イクス！　私ね、お菓子作るのが得意でね！　あとで食べさせてあげるねっ！』

うん、友達というより妹だ。

なんて懐いてくるソフィーを思い出し、改めて認識したイクスであった。

「そういえば、護衛をするのはいいが……解決する見通しとかあるのか？」

「一応、兆しはあるみたいです。教会の騎士団が何人か捕まえて尋問しているのですが、頭の情報がチラホラ出てきているらしく」

「頭が潰れれば、下も瓦解するからな。尻尾を切られないように上半身から潰すのはいい考えだと思う」

「はいっ！　ですので、そこまで英雄様を困らせるようなことはないと思います！」

現在進行形で困らせられていることは伏せておこう。

この状況で言ったら野暮だ。

イクスはそっと口から出そうになった言葉を胸にしまう。

すると、エミリアは何故か唐突に頬を染め――

「あ、あの……英雄様、以前仰っていたお礼のことなんですけど」

「ん？」

「権力がほしいとのことで、考えてみたのですが……私と結婚したら――」

『イクス・バンディール！　早く来い、お前の番だ！』

エミリアの言葉を、講師の声が遮る。

何を言おうとしていたのか気になるところではあるが、怒られるのも面倒臭いのでイクスは立ち上がる。

「んじゃ、行ってくる」

「あぅ……行ってらっしゃいませ、英雄様」

しょんぼりとするエミリア。

本当に何を言いかけたのか気になるなぁ、と。

イクスはエミリアの可愛らしい顔を見て思うのであった。

『うぉっ!? なんだ、赤い巨人が現れたぞ!?』

『的が全部壊れた!?』

『やめろイクス・バンディール! 分かったから、周囲の生徒に被害が出る!』

「フハハハハハ! 見ろ、そして恐れおののけ! これがイクス様だアアアアアアアアアアアアアアアアアアアアアアアアアアッッ!!!」

◆◆◆

イクスは学園内でかなり有名人だ。

元々の悪評もさることながら、初日の入学式に堂々と遅刻し、公爵家のご令嬢を舎弟にした。

ここに加えて聖女と一緒に登校、魔法の授業で訳の分からない魔法をぶっぱなして訓練場を半壊させたことで更に有名になった。もちろん、怒られた。調子に乗って止めなかったのが原因である。

しかし、ここでまた。

イクスは一躍有名街道を進もうとしていたのであった——

「出てこい、この主人公《ユリウス》ごらぁぁぁぁぁぁぁぁぁぁぁぁぁぁぁぁぁぁぁぁぁぁぁぁぁぁッッッ!!!」

「落ち着け、主人！　流石に実剣片手に授業中に攻め入るのはマズい！」

「わ、私……初めて授業をサボってしまいました……！」

現在、絶賛授業中。

先の魔法の授業で説教されたイクスは、むしゃくしゃしてユリウスのいる教室へ攻め入ろうとしていた。

まだ怒られていないのは、主人と呼び従っているクレアが廊下で一生懸命イクスを押さえているからだろう。

横であたふたしている小動物的な聖女もいるが、イクスは授業中なのも関係なく怒鳴り散らしていた。

「今からでも、聖女様は戻られたらいかがです？　聖女様であれば、素行もいいですしそこまで怒られないのでは？」

優雅に後ろで編み物をしているセレシアがそんなことを口にする。

「あぅ……お姉ちゃんから可能な限り英雄様と一緒にいるように、と。授業も、教会から学園の方で口添えしていただいて、ほとんど一緒にしていただきましたし……」

「なるほど、ナイト様から離れてしまえばお姫様には何が起こるか分かりませんものね」

「…………………あの、止めないんですか？」

「ご主人様が生き生きとしているのは、誰かを殴る時ですから」

「英雄様……」

少しだけ美少女からの評価が下がったイクスであった。

「えぇい、離せクレア！　お前はこんな状況の原因に対して何も思わないのか!?」

「お、思わないことはないが……流石に授業中はマズいと思うんだ！」

「ケッ……これだから形だけの正義を振りかざす生真面目ちゃんは。薄っぺらい説教を垂れるんだったら、まずは薄っぺらい格好をしてから出直して来い！」

「んんっ……！　さ、最近の主人からの扱いが雑で……メンタルが鍛えられる……ッ！」

最近、どんどん変な方向に進んでいくクレア。

セレシアはそんな美少女を見て「違和感がなくなってきましたね」と、主人のための編み物を続けていく。

まぁ、イクスの気持ちも分かるのだ。

勝手に決闘をされて勝手に変なものを背負わされて。

そんな人間がのうのうと学園生活を謳歌している……いくらなんだかんだいって優しいとはいえ、当事者のイクスが何も思わないわけがない。

「しかし、これだけ騒いでも中からネズミさんは現れませんね」

「……私としては龍が出てきそうで怖いんだが」

「お前、騎士を目指しているのに教師如きにビビってんのか？」

「一応これでも私は公爵家の令嬢だぞ!? 怒られるだけでなく外聞まで怪しくなるから心配してるんだ！」

「はぁ……やれやれ。少しはエミリアを見習ったらどうだ？」

「ふぇっ、私ですか？」

いきなり話を振られたことに、エミリアは首を傾げる。

「ある意味公爵家のご令嬢よりも権力を持っているにもかかわらず、こうして堂々と殴り込みに参加している……どうだ、凄いだろう？」

「参加はしてないですよ!?」

「主人が強行している弊害を受けているだけだと思うぞ!?」

あー言えばこー言う。

文句の多いお嬢さんを前に、イクスは肩を竦《すく》めてみせた。

「いいから黙って従え、紐おぱんちゅ騎士！ お前はなんとも思わないのか!? 決闘は有耶無耶になり、頭《こうべ》を垂れる姿も媚《こ》びへつらう姿も見られなくなった挙句のこの現状に！」

「ひ、人助けはいいことだと思うぞ……？」

「俺もそう思う！ 妹《ソフィー》を助けられたのはよかった！ しかし、それだけで気持ちは納得できるかぁぁぁぁぁぁぁぁぁぁぁぁぁぁぁぁぁぁぁぁぁぁぁッッッ！！！」

「主人！ 魔法はさらにマズい！ 主人の魔法はとりあえず教室だけで済まなくなるッ！」

やんややんやな喧騒《けんそう》が廊下中に響き渡る。

まぁ、そんなことをしていれば当然——

『おい、お前らうるさいぞ！　どこのクラスの連中だ!?』

怒られるのは当然のことで。

このあと、セレシアとエミリアとクレアを除いた一名が大変な説教を受けたのだが……まぁ、余談である。

◆
◆
◆

『ねぇ、なんか騒がしくない？』

『イクス・バンディールがやって来てるみたいだよ』

『うわぁ……ほんと、問題しか起こさないよね、あのクズ』

教室の中は酷くざわついている。

それは、男性教師が我慢し切れず飛び出し、監視の目がなくなったからだろう。

そんな中で、一人の少年は窓の外を眺めていた——

（これは僕、あとで大変な目に遭うんだろうなぁ）

される自覚はあるし、自信もある。

とはいえ、ユリウスの表情はとても晴れやかだった。

(まぁ、彼に任せておけばエミリアさんも大丈夫、かな？　ちゃんともう一人の聖女も助けてくれたみたいだしね)

ユリウスはフッ、と口元を綻ばせる。

(さて、期待しているよ……噂とは違う悪役《ヒール》くん。今の僕じゃ、綺麗に誰かを助けるのは難しいだろうからね)

でも、殴られるのかぁ、と。

これから起こるであろう未来を思って、ユリウスは思わず苦笑いを浮かべるのであった。

◆◆◆

「あー、もうっ！　じれったいとは思わないんですか!?」

薄桃色の髪の少女が叫ぶ。

薄暗い空間。どこにあるのかも分からない場所。

松明《たいまつ》の火が揺れていることから閉鎖された空間ではないのが分かるが、いかんせんそれ以外に場所を特定できる装飾や模様がなかった。

しかし、空間には大勢の黒装束の人間の姿があり、その内の一人——薄水色の髪をした女性が、少女に向かって口を開く。

「そうは言うがね、じれったいと焦って強行した結果に仲間がかなり死んだんだが？」

「ぬぐっ！」

「んで、蓋を開ければ聖女一人殺せなかったわけだ。あれやこれや我儘《わがまま》を垂れるのは子供の特権だと思うがね、少しは振り回される大人の気持ちにもなってくれ、アルル」

アルルと呼ばれた少女は唇を尖らせる。

「……でもさー、そろそろどっかで本格的に動かなきゃ、仲間がじょりじょり減らされていくだけなんですけど」

ねぇー、と。少女の問いかけに、空間にいた男達が首を縦に振る。

これだけで、アルルの立ち位置がこの空間でどの位置にあるのかが少し窺えた。

「それに、上からのお説教だけならなんとか我慢するけど……そろそろ尻尾を切られちゃわねぇですか？」

「ふむ……」

「一応、私利に染まった大司教さんからの資金繰りでどうにか組織は成り立ってるわけですし、聖女の一人でも殺さなきゃ国に突き出されてお終《しま》いですよ」

アルルは分かっている。

自分達は自分達のやりたいことをする代わりに相手のやりたいこともやっている利害の関係。

そこに信頼関係などなく、いつでも尻尾を切られる可能性がある。

実行犯として動いてしまった時点で、こちらが尻尾を切ることはできない。

成すか、成す前に死ぬか。

今の自分達には、何度も失敗しているせいで二択しか残っていない。

「……今からでも、この自己満足を降りたらどうだい、アルル？」

「はい？　何言ってるんですか、ゼニス？」

「君はまだ若いだろう？　それこそ、どこかの学び舎で楽しい青春の一ページを刻むようなお年頃だ」

薄水色の髪の女性――ゼニスの言葉に、周囲は反応しない。

同じことを思っているのか、それともゼニスの立場がこの中では上なのか。

しかし、アルルだけは。

憤慨したように壁を叩きつけ――激しい衝撃音と共に、壁に巨大な穴が空いた。

「ふ、ふざけてんじゃねぇですよ……！」

「…………」

「私達は神の不在を証明するッ！　神様を信じて絶望の底に叩きつけられた家族のために、今後同じく現実逃避の延長線を信じて不幸な目に遭う人を出さないように！　私達は証明するんじゃないですかッッッ！！！」

ゼニスは何も言わない。

気持ちは……まぁ、痛いように分かる。

自分も同じように神を信じ、絶望し、身内を亡くし、親しい人を失い、今ここに立っている。

この場にいる人間は、全員が同じような道を辿ってきた同胞だ。

ただ――

（……こう見えても、君のことはこの場の全員娘か妹のように思っているんだよ）

ままならないものだ、と。

ゼニスは肩を竦める。

（最悪、この子だけでも逃がしてやればいい、か……彼女であれば、どこかの優しい英雄様が救ってくれるだろう）

ここまで来たのなら最後まで。

引き返せるような場所には、もう立っていない。

だからこそ――戦《や》る。

「一つ、提案があるのだがね」

「……なんです？　船を降りろって話なら、今からでも別の筏《いかだ》を作って後ろを追いかけ回してやりますけど？　っていうか、そ、そろそろ私も戦わせてください。この中で一番の戦力でしょうに」

「そこまでされるなら、大人しく目の届く場所にいてもらうよ」

そうではなくて、と。

「王都の学園は、入学した生徒達との交流を図るために一日だけ盛大なイベントを行うんだ。その際、邪魔が入らないように他学年の生徒や、一部の教師以外は休みをもらって学園には通わない」

要するに、一日だけ学園が手薄になる。

この意味を理解できない皆ではなかった。

――一人の聖女は、学園に在籍している。

大聖堂にいる聖女は、今しばらく手出しはできないだろう。

宗教のお膝元。どこよりも厳重な場所を攻めるぐらいなら、手薄な場所で確実に一人を狙った方がいい。

「よくそんなこと知ってますね」

「これでも王都の学園に通っていたからね、流石に知っている」

ふぅーん、と。訝《いぶか》しむような目で見てくるアルルに、ゼニスは口元を吊り上げた。

「どうだ、最後にこのメンバー全員で……一人の聖女を殺しに行かないかい？」

「……総力戦を仕掛けるってことですね」

「あぁ、どうせこのままだとあの清らかとは程遠い豚に切られて終わるんだ。残りの二人は他のグループに任せるとして……私達は、一人を確実に仕留めようじゃないか」

ゼニスの言葉に、しばしの静寂が流れる。

しかし、そのあとすぐに一人、二人と立ち上がり、意を表明していく。

そして、最後に残ったアルルも――

「いいですね」

ゆっくりと立ち上がり、獰猛《どうもう》な笑みを浮かべた。

「誰が死んでも、誰が捕まっても文句なし。クソッタレな神を信じる馬鹿共に一泡吹かせるために、大博打《おおばくち》をしようじゃないですか！」

「……決まりだね」

ゼニスは背中を向け、一人奥へと歩いていく。

すると、この場にいる全員が追従するかのように背中を追い始めた。

「さぁ、私達の味わった絶望を現実逃避の延長線にいる偶像の神に見せてやろう」

――すべては、神の不在を証明するために。

人知れず、ストーリーだけは着実に進んでいく。

不在証明の襲撃

「交流会？」

学園生活が終わり、大聖堂の敷地内にある庭にて。

日課の剣を振りながら、上半身裸のイクスは首を傾げる。

「あぁ、主人は説教で二時間ほどどこかに行っていたからな、聞いていないのも無理はないだろう」

「何故か俺だけだったのが不満でしかない」

イクスの強さの秘訣を探るために舎弟となったクレアは、横で同じように剣を振る。

「入学した生徒は数が多い。関わる機会も少ないため、一日他学年と教師を休ませて一年生だけの空間を作るんだ。授業はなくて、その間は好きに色んな人間と交流して構わない」

「ふぅーん」

「もちろん、安全面やトラブルのことを考えて最低限教師や警備の人間はいるがな。貴族の人間からしてみれば、絶好の機会というわけだ」

貴族は全員が騎士や魔法士といった道に進むわけではない。

国の重要ポストに就いたり、家督を継いだり、運営する側に回る人も多い。

そのため、貴族界での関係値というのはとても大事になってくるわけで、学園という関係が作りやすい環境は縁作りにもってこいなのだ。

そこで行われるイベント……将来のことをしっかり考えられる人間であれば、気合いを入れて交流するだろう。

「すっげぇ、俺に関係のない話だな」

「……主人も少しは頑張った方が将来のためだと思うぞ？」

「逆に聞こう、俺と仲良くしたい人間がいると思うか？」

「…………目潰しされたあとなら」

「そんな言い難そうに答えるなら初めから言うなよ」

ナチュラルに顔面をディスってくる舎弟である。

「にしても、最近お前もちゃんと剣を振れるようになったなぁ」

イクスはクレアの方に視線を向ける。

そこには、しっかりと姿勢を崩さず剣を振る姿が。

「ふっ……主人の無茶な素振りにも最後まで付き合っていたからな、成長したのだろう」

「あと一万回残ってるけど」

「ふっ……今日も筋肉痛、か」

クレアは遠い目を浮かべた。

「あら、随分と頑張っておられますね」

その時、庭の入り口から一人の女性が姿を見せた。

艶やかなプラチナブロンドの髪が夜風に靡《なび》き、いつもの修道服とは違う寝間着姿が月夜に照らされる。

そんな絵として飾れそうな登場の光景に、イクスは少し見惚れてしまった。

一方で、クレアは振る腕を止めてその場に膝を突く。

「お初にお目にかかります、聖女様っ！」

「ふふっ、頭をお上げください。畏まられるのはあまり好きではないのです」

「……なるほど」

ソフィーとエミリアとは顔を合わせたことがあるが、クレアはウルミレアとは初めてだ。

そのため即座に頭を下げたのだろう。

しかし、ウルミレアの計らいによって顔を上げたクレアは「いい人だ」と、改めて思った。

「聖女様はどうしてここに？　男の半裸を覗きに来るならセレシア辺りだと思っていたんっすけど」

「セレシア様なら、エミリアと『添い寝を賭けて勝負です』と言ってトランプをして遊んでおりましたよ」

いつの間にか賭けの対象にされてる。

イクスは少しばかり頬を引き攣《つ》らせた。

「ソフィーは？」

「あの子は礼拝堂の修繕で頑張っている大工さんに差し入れを作ると、今頃厨房にいるかと」

「ええ子やなぁ」

最近できた妹は本当にいい子がすぎる。

きっと、自分を助けるために壊した礼拝堂に対して責任を感じて差し入れでも作っているのだろう。

誰にも非がないし、イクスなんかガン無視して鍛錬に勤しんでいるというのに。

イクスの瞳にひっそりと涙が浮かんだ。

「しかし、聖女様は何故ここに？　私達に何か用事でもあるのでしょうか？」

一人で足を運んできたウルミレアに、クレアは首を傾げる。

するとーー
「そ、その……イクス様がどのような人なのか、改めて知りたいと。何せ、将来一緒にいる殿方ですし……」

「……主人」

「ん？　なんだ、セレシアしか向けてこないジト目をついにピンクおぱんちゅ騎士も向けてくるようになったのか？　ダメだぞぅー？　変なことを学んじゃ」

「………………」

「あれ、いつもの恥ずかしがってのツッコミは!?」

この主人はまた変に女を誑《たら》し込んで。

自分の下着をいつの間にか知られていたことよりも、主人の女誑しっぷりの方がクレアにとって重要であった。

「ごほんっ！　しかし、イクス様達は勤勉なのですね。学園での授業があったというのに、こんな時間まで研鑽《けんさん》など……」

「私は強くなりたいから主人についていっているからな。主人が剣を振るというのであれば、私も振らなければならん」

「ふふっ、あなたは将来頼もしい騎士になるでしょうね」

ちなみにイクス様は？　と、ウルミレアの視線がイクスに注がれる。

すると、イクスはさも当たり前のような顔で――

「(自分の命を) 守るため、だな」

「守る、ため？」

「あぁ、強くならなければ大切な物《じぶんのいのち》を守れないからな」

嘘偽りのない言葉。

イクスは、今日という日まで自分の破滅フラグを叩き折るためだけに実力を磨いてきた。

今後も、この気持ちが変わることはないだろう。

その瞳が、ウ、ル、ミ、レ、ア、に、だ、け、しっかりと注がれる。

それを聞いたウルミレアは——

（わ、私のことをそこまで……ッ!?）

顔を盛大に真っ赤にさせ、俯いてしまっていた。

一方で、間に挟まれているクレアは納得したように手を叩いた。

（なるほど、主人の女誑しの理由が分かったぞ）

主人は圧倒的に言葉が足りないんだ。

今度、国語でも教えよう、と。クレアはこれ以上の被害者を出さないために瞳を燃やし始めるのであった。

◆◆◆

さて、時間が流れるのも早いもので。

学園全体としてはお休み。一年生による交流会が行われていた。

授業などはなく、この一日は各々自由行動。

講堂を使ってパーティーを開くもよし、好きな人と好きな時間を過ごすもよし、訓練場でスポコンのように友と汗水を流してもよし。

トラブルさえ起こさなければ問題なしのフリータイムのせいで、学園全体はどうしてもかなりの喧騒《けんそう》に包まれている。

そんな喧騒を避け、イクスは誰もいない屋上でボーッと横になりながら過ごしていた。

（俺も将来のことを考えて、今のうちに交流しといた方がいいのかねぇ？）

舞台が学園であるのは間違いないが、今後もこの世界で生きるのであればイクスは社交界に飛び出すことになる。

伯爵家の令息として、本当は今のうちから汚名を返上して交流に勤しんだ方がいいのかもしれない。

とはいえ、今まで鍛錬ばかりで腕を磨くことしか考えてこなかったイクスが簡単に意識を変えるのも難しい話で——

（今のうちに重要ポストの人間に実力差を見せつけて、学園だけでなく今後の社交界でも逆らえないよう叩きこんだ方がいいのかもしれん……機会があったらボコすか）

やっぱり方針は変えないわー、なんて。

イクスは体を起こし、手のひらの上で徐《おもむろ》に炎のアーチを作りながら開き直った。魔力操作の練習である。

その横では——

「あぅ……膝枕のタイミングを逃してしまいました」

シュン、と。イクスが体を起こしたことによって落ち込むエミリアの姿が。

イクスと一緒にいる……という、護衛対象としての最低限を守っている女の子だ。

「膝枕？」

「はい、セレシアさんが自慢されていたので、私もやってみたかったんです！」

「……そうか」

彼女は何を自慢してるんだろう？

今横にいないメイドを思い浮かべて、イクスは首を傾げた。

「今思ったけど、聖女様はこんなところにいていいわけ？　そりゃ、俺から離れられないって事情は知ってるが……」

せっかくの交流会だ。

滅多に入学しない聖女が自分と同じ学年になったら、話したい生徒は多いだろう。

こうして隠れるように屋上にいるため周囲には誰もいないが、一度顔を出せば群がるようにやって来るに違いない。

聖女としても、教会の象徴として交流を深めるのはプラスになるはずだ。

「必要だったら、俺も後ろを歩いてストーカーするし。別に俺に合わせんでも……」

「ふふっ、私は英雄様と一緒にいられるだけで充分ですので」

「ふーん……」

「(それに、今セレシアさんもいない二人っきりの機会を逃したくはありませんから)」

「ん？」

最後は何を言ったんだろ？　呟いた声だから聞こえなかったが、イクスは気にする様子もなく魔力運用の練習を続けた。綺麗な炎のアーチだ。

「にしても、セレシアは遅いなぁ……飲み物と弁当を取って来るだけなのに」

現在、セレシアはクレアと一緒に飲み物を取りに行っている。

一日時間を潰すなら水と食べ物は必須。そのため、居座る気満々なイクスのために、二人はお使い中だ。

「やれやれ、満足にお使いもできないなんて……セレシアもお茶目なところがあるぜ」

「どんどん騒がしくなってきていますし、人混みから抜けられないのかもしれませんよ？」

「抜けられない程の人数じゃないんだけどなぁ……バーゲンセールに必死な主婦さん方は、今頃お家でゴロゴロしてるだろうし」

確かに、先程から徐々に騒がしくなってきている。

どこか想定外のお客さんでもやって来たかのような雰囲気を感じるが、二人は様子を気にすることもなかった。

騒がしいだけ。盛り上がっているだけ、と。高を括っているだけなのかもしれない。

そのおかげで——

「聖女様、見〜っけ♪」

ズンッッッッ！！！

と、屋上に衝撃音を響かせて一人の女の子が落ちてくることになったのだ。

「きゃっ！」

少し吹いた風に、エミリアは驚く。

しかし、イクスだけはゆっくりと……手の上に生み出した炎を維持しながら、振り返った。

「随分とマニアックな登場の仕方してるじゃん。どったの？　新手のファン？」

薄桃色の髪。

メッシュでも入れているのか、ひと房だけ黒く髪が染まっている。

見かけない顔なのは間違いない。

しかし、イクスはその少女に見覚えがあった。

だからこそ、多少なり驚きはしたが……それ以上はない。

「そうそう、ストーカーです！　そこの聖女様にご執心な可愛い女の子ですよー！　まぁ、愛のベクトルがどっちに向いてるかは別な話だけど」

イクスは立ち上がり、エミリアの前へ立つ。

その意味が分からないほど、エミリアは馬鹿じゃない。

——護衛としての役目を、イクスは果たそうとしている。

だからこそ、この場に和やかとは程遠い緊張感が生まれた。

しかし、当の本人二人だけはどこか落ち着いた表情で見つめ合う。

「学校見学する前に警備のお兄ちゃん達がいただろ？　そいつらに怒られなかったか？」

「私の保護者がお話しして、快く通してくれましたよ。まぁ、会話の内容がどんなものかはご想像にお任せしますけど」

「……そうか」

恐らく、今の話から察するに、警備の人間は倒されたのだろう。

加えて、少女単独ではなく複数人。

——こんなイベント、あったようななかったような。

目の前にいる女の子にそっくりなキャラクターがいたとは思うが、シナリオ通りかは少し疑問に思う。

もしも、自分の記憶と合致していたのであれば——イクスはもう少し警戒して、セレシアにでも傍にいてもらったかもしれない。

「そこ退《ど》いてくれないです？　私、教会以外の人には別にどうこうするつもりないんで」

だが、今は横にいない。

背後には、守らなければいけない護衛対象がいる。

自分一人でどうにかしなければならない。

——それがどうした？

「っていうことは、エミリアを殺《や》るためにやって来たってこと……なら、楽しい会話はあとでゆっくり椅子に座ってするとして……」

イクスは獰猛《どうもう》な笑みを浮かべて、高らかに口にした。

「さぁ、戦《や》ろうか中ボス！　ぬるま湯に浸かりすぎた人間に刺激を与えてくれよ！」

「うるせぇですね……さっさとそこを退きやがれってんです、無関係者ァ！」

本末転倒かもしれない。

しかし、命を賭けることで生き抜くための糧を得る。

そのための戦いは、悪役《ヒール》二人の拳が重なったことにより火蓋《ひぶた》が切られた。

◆◆◆

交流会は初めこそ盛り上がっていたものの、今となっては騒然一色だ。

『な、なんだよあいつら……？』

『きゃーっ！』

『お、おい逃げろ！　あいつら武器持ってるぞ!?』

廊下を悠然と闊歩《かっぽ》する黒装束の男達。

手にはそれぞれ武器が握られており……そのどれもに赤い液体がべっとりと付着していた。

それだけで、生徒達は慌てて逃げ出してしまう。

幸いなのは、男達に生徒達を無差別に襲うという気持ちがないことだろうか？

「にしても、これまた堂々と侵入してくるものですね」

自分の横を生徒が通り過ぎるのを見送りながら、飲み物と弁当を片手に持っているセレシアが口にする。

「おかげで、生徒達の波に呑まれた私達はロクにお使いもできない子供以下の人間に認定されてしまいそうです」

「なぁ、絶対に今そんな悠長に世間体を気にしている場合ではないと思うぞ？」

クレアはマイペースなセレシアを見て頬が引き攣っている。

二人とて、今が予定にはない異常事態というのは理解していた。

生徒に危害を加えようとはしていないものの、いつ矛先が向けられるか分からない悪党。

きっと、今だって回れ右をして他の生徒達同様に逃げた方がいいのかもしれない。

「い、今すぐ避難誘導を――」

「一学年だけでどれだけの人数がいると思っているのですか？　正義感溢《あふ》れるユリウスさんやアリスさんに協力を仰いでもいいかもしれませんが、三人だけで無事に校舎の外へ誘導できる自信があるのであればご随意に」

「ぐっ……！」

「敵意は向けられておりませんが、いつ向けられてもおかしくないのは言わずもがな。恐らく、付着した血を見るに、教師や警備の人間とはすでに遊んでもらったのでしょう」

それなら、下手なことはせずに放置していた方が健全だ。

騎士家系の生まれで、正義感が強いのは重々承知だが、子供の身でできることなど限られている。

「それより、私としては早くご主人様と合流したいものです」

「そ、そうだな！　主人達が心配だもんな！」

「まぁ、その通りではあるのですが……」

一度このような人間達と相対したことがあるセレシアは、おおよそ目的の見当はついている。

――聖女の殺害。

この人間達は、ソフィーを狙った人間と同じで『神の不在』を謳《うた》ったカルト集団なのだろう。

(つまるところ、聖女様と行動を共にしているご主人様の方に敵が流れていくのは必然)

はぁ、と。

セレシアは大きなため息をつく。

すると、曲がり角を曲がった先から黒装束の男達が姿を現した。

「……………」

『…………』

セレシア達と男達の睨み合いが続く。

そして――

「間引き、ぐらいはしておきましょうか」

――男達が一瞬にして斬り伏せられた。

「ッ!?」

いつの間にか男達の背後へ動いていたセレシアの姿を見て、クレアは息を呑んで驚く。

何せ、あまりにも速すぎる。

見ていたのは見ていたが、反応できるかと言われれば首を横に振るほど。

いつ移動し、いつ剣を抜いたのか。

（これが、平民の身でありながら教師を三人も倒した天才……ッ！）

制服に赤い血が付着して顔をしかめるセレシアを見て、クレアは背筋が震えた。

イクスも大概だが、このメイドもヤバい。

努力の積み上げをイクスからは感じたが……このメイドは、才能だけで今に至っている。そんな感じがする。

だからこそ、手の届かない壁を見せつけられたような気がした。

「ん？　どうかされましたか？」

「い、いや……なんでもない」

駆け足でセレシアの横に並ぶクレア。

だいぶ親密になった気はしたが、今の一瞬で委縮が加わって声が上擦ってしまった。

「さぁ、ある程度間引きながら進みましょう。どうせ、この敵は――」

そう言いかけた時だった。

カツン、と。人気《ひとけ》のなくなった廊下にヒールの音が響いた。

クレア、セレシア共に警戒心が引き上がる。

そして、対面の奥から薄水色の髪をした女性がゆっくりと姿を見せた。

「そこいらの使い手共には遅れは取らないほどの仲間なんだがね。まぁ、流石は王国で一番の学園というべきか……正直、こうなるんじゃないかって気はしていたよ」

クレアでも分かった。

漂う異質な雰囲気、悠々とした表情。

恐らく、今倒れている男達よりも――この女性の方が圧倒的に強い。

故に、クレアの警戒心が今までにないぐらいに引き上がり、自然と腰から剣を抜いてしまっていた。

「学園ではたまにいるんだよ、一学年に何人かは異常な人間が。そういう相手がいるかもしれないと踏んでいたからこそ、こちらも自爆覚悟の総力戦を強いられてしまうわけなのだが」

「たかが一人二人倒されたぐらいで……随分と過大評価をしてくださいますね」

セレシアは声を上擦らせることなく、優雅に剣を地面に垂らす。

「とはいえ、あなたをご主人様の下へ行かせるのはなんとなくですがマズいと判断しました……お相手願っても？」

「構わないさ、私だって君の相手をしておかないと同胞がどんどん地面とキスをしてしまいそうだからね」

具体的な合図もない。

才能だけで他者を圧倒してみせる少女は、腰を落として一気に駆け出した。

◆◆◆

「……やっぱり始まっちゃったかぁ」

少年は一人、どこからともなく聞こえ始めた衝撃音を耳にして、頬を引き攣らせる。

床には黒装束の男達の山が築かれ、そのどれもが動く気配を見せない。

少年は血で汚れた拳を布巾で拭いて、ゆっくりと廊下を歩き始める。

「間引きぐらいはしないと、押し付けた人間として恥ずかしいよね」

少年の前に、またしても黒装束の男が現れる。

それを見て、少年——主人公《ユリウス》は腰を落として、拳を構えた。

「それじゃあ、彼女のことは頼むよ……悪役《ヒーロー》くん」

◆◆◆

『神の不在』を謳うカルト集団のボス的な立場に立っている人間は二人。

あくまでこの集団でこのイベントに限った話というのもあるが……その二人は、薄桃色の髪をした少女と、薄水色の髪をした女性だ。

語られるエピソードはそれぞれ不幸の二文字がよく似合うものではあった。

もう一人の姿は見えないが、イクスの目の前には薄桃色の髪をしたアルルの姿が。

その少女の戦闘スタイルは――

「立ち塞がる者には容赦しない、それが戦闘と復讐の鉄則鉄則♪」

ゴキッッッ！！！　と。

アルルと拳を重ねたイクスの腕から嫌な音が聞こえてくる。

「英雄様!?」

その音はエミリアの耳にも届くものだったのか、悲鳴とも取れる呼び声が背後から聞こえてきた。

一方で、イクスの方は冷静……というより、さして意識が向かないほど戦いに集中していた。

続け様にアルルの頬に蹴りを放ち、相手との距離を取る。

しかし、自分よりも小さい体躯のはずの少女はケロッとした顔でイクスを見た。

(怯む様子もなし。成長した主人公の攻撃すら届いてなかったもんな……ほんと、尋常じゃないほどの耐久力《タフネス》!)

加えて、と。

アルルが屋上の床を叩きつけ――一気に屋上が崩壊した。

「チッ!」

「はっはー! さぁさぁ、お守《も》りしながらどこまで戦えますかねぇ!?」

足場が崩れ、落下しながらイクスはエミリアの方へ視線を向ける。

自分達の足下だけ。エミリアは落下せず、顔だけ上から覗かせていた。

そのことに安堵する……が、一瞬視線を外したことにより、距離を詰めてきたアルルの拳がイクスの頬に突き刺さった。

「ばッ!?」

「他の女に目を奪われるなんて、ちょっと私の自信がなくなっちゃいますね。これでも美少女枠だと思うんですが♪」

ただ女の子に殴られただけ。

しかし、イクスの体は落下先の教室の椅子や机をなぎ倒して壁へと叩きつけられる。

(……確か、潜在能力《ポテンシャル》の強化、だったか? セレシアと同じ、才能のゴリ押しにバフをかけるよう

な魔法）

実際、アルルの使う魔法は然程珍しいわけではない。

――潜在能力《ポテンシャル》の強化。

自身に眠っている潜在能力を引き出し、普段発揮できない才能を無理矢理表に浮かばせる。

簡単に言ってしまえば、きっかけが見つからないだけで「実は～」といった本人の才能を勝手に呼び出して強化する魔法だ。

これで射撃能力や演算能力といった才能が開花する場合もあるので、冒険者や騎士といった人間が常時使用しているケースが多い。

しかし、あくまで眠っている才能を少し引き上げるだけで、既存の才能のサブオプション的な補助魔法でしかない。

ただ、アルルという少女に限っては――

「こんなもんですかね？」

瓦礫《がれき》の山を踏み、イクスを見下ろす。

「英雄《ヒーロー》気取るのは構いませんが、所詮は力量も分からない温室育ちのお坊ちゃまでしょう？　男の子の見栄を張った手前で逃げ出し難いっていうんだったら、私は黙っててあげますんでちゃっちゃと逃げちゃってください」

その代わり、上にいるエミリアは間違いなく殺されるだろう。

女神の恩恵を賜り、治癒に特化しただけのただの少女が、怪物《バケモノ》相手に勝てるわけがない。

「別に英雄《ヒーロー》気取ってるわけじゃない……単純に、あの子が傷つけられるのが……」

ゆらりと、イクスは立ち上がる。

「いや、そうじゃない……って思いたいな。ここは悪役《おれ》らしくいかなきゃ」

その顔には、酷く獰猛な笑みが浮かべられており――

「いつぞやの魔物の時と同じ臨場感！　圧倒的強者！　これを目の前に退くって方が難しい話だろオ!?」

「……戦闘狂《バトルジャンキー》め」

「なんとでも言いやがれ！」

イクスの手から、赤黒い光が伸びる。

溶岩のブレード。

一直線に伸びたそれは、フロア丸ごと呑み込むように横薙ぎに振るわれた。

「ちょ!?」

「はっはー！　さぁ、舐めんなよ中ボス！　こっちはダイエット中なんだ、激しい運動ならどんなに刺激的でもウェルカムだぜ!?」

溶ける。焦げるような匂いが充満していく。

アルルは本能的に床をもう一枚ぶち抜き、逃げ場を生み出して落下した。

その際、上を見上げ……絶句する。

(燃やす、ではなく溶かす……って、怪物《バケモノ》でいやがりますか？　あれ、絶対に中級の魔法じゃねぇですよね？)

アルルの中で、イクスが侮れない男だと認識される。

力量を測れていなかったのは自分とて同じ。

舌打ちを一つ見せ、アルルは地面に落ちていた瓦礫を抱えてそのまま頭上へ投擲《とうてき》した。

抉《えぐ》られる天井。

そこから顔を出したイクスへ、もう一度瓦礫を投げつける。

イクスは若干の焦りを滲ませ、回避するように下へ落ちていった。

そこへ――

「落下した時こそ、無防備」

アルルが迫る。

ただ一つの拳を握って。

一方で、イクスは藻掻《もが》くように指先から生まれた赤い線を振るう。

線に触れた対象に発火、炎は急激に酸素を吸い込み炎上する。

燃え上がる火の手が、アルルの全身を包み込んだ。

だが、そこで止まるほどアルルの体はやわではない。

「さぁさぁ、女の子に変なエフェクトをつけた詫びでもしてもらいましょうかねぇ!?」

着地と同時に、イクスの体へアルルの拳が振り上げられる。

イクスは咄嗟に腕で庇ったが、拳が突き刺さり――そのままもがれた。

根元からごっそりと、イクスの腕が吹き飛ばされていく。

(フルパワーでぶん殴ってやりましたよ!)

火傷を負う中、アルルは勝利を確信して獰猛に笑う。

何せ、相手は人間であり生徒。

腕がなくなった際の痛みに慣れているわけもなく、尋常ならざる痛みでまともな動きができるわけもない。

そうなれば、あとはアルルの土俵だ。

こと、近接戦だけで言えばアルルが群を抜いているのは言わずもがな。

負傷した人間相手に、そもそも遅れを取るわけがな――

「って思ってんだったら、早計だぞ甘えん坊」

――イクスの拳がアルルの頰に突き刺さった。

「ばッ!?」

アルルの体は吹き飛び、窓を突き破って学園の広大な敷地に投げ出される。

(い、ったい……何が!?)

頬に何故か焼けるような痛みが走っている。

それよりも、頭に疑問が浮かび上がったアルルは反射的に自分のいた場所を見た。

そこには――

「さぁ、もっと広い場所で戦《や》ろう。こんな戦闘狂《バトルジャンキー》だけど、女の子が巻き込まれて涙……なんてのは流石に嫌なんだ」

赤黒い腕を生やしたイクスが、自分を見下ろしている姿が映った。

◆◆◆

別に、他人のことなどさして気にはしない。

この学園の生徒の何人が傷つこうが、教師が何人倒れていようが。

まぁ、最近知り合った顔馴染みと……最愛の男が悲しみそうな知人ぐらいは守ってあげてもいいのかもしれない。

しかし、セレシアの中での優先順位は――メイドという立場を抜きにしても、変わることはなかった。

「さて、そろそろ始めようか。さっきからド派手な音が聞こえてくるということは、身内も頑張っているってことだろうし」

ジャラジャラ、と。

ゼニスの装束の中から大量の釘が落ちていく。

なんだ？　と、セレシアは少しだけ警戒心を上げる。

そして――

「周りに生徒はいないってことは分かったからね……存分に殺れる」

――横薙ぎに大量の釘が襲いかかった。

「んなッ!?」

背後からクレアの驚くような音が聞こえてくる。

先程まで床に撒かれていただけの釘が、クレアに矛先を向けて一つの鞭へと変貌した。

セレシアは表情一つ変えることなく、屈んでクレアの足を払う。

そのおかげもあって、釘の鞭撃はクレアの鼻先を掠める程度で終わった。

「す、すまない……」

「冷静に対処してください。初見の相手の手品が珍しいことなどよくあることでしょう？」

「そ、そうだな！」

起き上がり、二人して一斉に地を駆ける。

どんな魔法を使ったのか、これからどんな種類が現れるのか分からない。

それでも、二人の武器は剣であり近接戦のためのもの。

まずは間合いに入らないとそもそも話にならない。

振るわれる明らかに脅威な鞭を、それぞれのモーションで躱《かわ》していく。

「それが定石、ではあるがな」

振るわれた釘がゼニスの手元に戻る。

そして、先にやって来たセレシアの脳天目掛けて一斉に放たれた。

しかし、セレシアは咄嗟に首を捻ることで回避する。

「ッ!?」

「ほぉ！　この距離で避けるか!?」

その間に、クレアも一気にゼニスの懐へ迫る。

二人は同時に、速度こそ違えど剣を振りかざした。

二対一。それも、行き先の限られている狭い廊下で。

有利なのは、言わずもがなセレシアとクレアだ。

ただ、ゼニスはまだ——手札を一枚しか見せていない。

「玩具《おもちゃ》は没収だ」

ゼニスは腕を後ろへ引っ張る。

すると、クレアとセレシア二人の剣が軌道を変えた。

「はぁ!?」

やないか」

「まぁ、君が一番劣っているというのは理解しているからね。寛大な気持ちで見学を許可しようじ
「ッ!?」

そして、無理に軌道を変えられたことで空いてしまった胴体へ拳が叩き込まれた。

ゼニスの視線がクレアへ注がれる。

「驚くものかい?」


ただ、と。

ゼニスは反射的に身を捻る。

すると、先程まで自分がいた場所……そこへ、無理に叩きつけたような歪な沈みが床に生まれた。

「……剣が折れたら、弁償はしてくださるのですよね?」

「君が無理に叩きつけなければいい話だとは思うがね」

ゼニスが笑みを浮かべ、手を振り下ろす。

すると、天井を突き破ってパイプのようなものが勢いよく落下してきた。

「随分とサプライズがお得意な悪役《ヒール》さんですね」

ただ、そのどれもが。

セレシアに触れる前に斬り飛ばされる。

「念の為にお伺いしますが、目的は?」

「言えば見逃してくれるのかい？」

「いえ、ご主人様の真意はともかく、利害的に聖女様を傷つけられると彼が困るようですので」

「なら、語るまでもないと思うがね」

セレシアの剣が天へと引っ張られる。

その際に空いた胴体へ、ゼニスは蹴りを放つ……が、合わせるようにセレシアの足が振り抜かれた。

（どういう原理か凡そ察することができましたが……面倒ですね）

ならいっそのこと、剣など捨ててしまおう。

セレシアは手を離し、そのままゼニスの顔へと叩き込もうとする。

が、それも寸前で躱され、蹴りが。

躱して、合わせて、叩き込んで。

一秒の間にどれだけの攻防が続いているのか？　傍で剣を握るクレアは冷や汗を流していた。

（レベルが違いすぎる……！　私が入れば、悪手になるというのが肌で分かってしまう！）

相手の動きを阻害でき、セレシアの手助けになるのであればいい。

しかし、邪魔にしかならずセレシアの隙を生み出してしまったら？　そんな疑念が、クレアの頭を支配した。

一方で、セレシアもまた……少しばかりの焦燥が滲んでいた。

（参りましたね……まさか、私が近接戦で攻め切れないとは）

確かに、メインの武器は剣だ。

それを手放した時点で本領は発揮できていない。

とはいえ、それでも近接戦においてはそれなりに戦える自負があった。

それこそ、肉弾戦オンリーの勝負ではイクスに負けないほどに。

しかし、目の前の相手も追従してくる。

技量は同じ。互いに一度も当たらず、防がれ躱され の攻防が続くだけ。

では、別に焦る必要がないのでは？　そう思うかもしれない。

時間に追われているわけではない。増援を警戒しているわけでもない。

ただ――

「……私は神の存在を否定したい」

ゴスッ、と。

セレシアの重たすぎる一撃がゼニスの頬に突き刺さった。

しかしこれは、単に避けられなかったのではなく……己のモーションを成立させるために、避けるという選択肢を諦めただけ。

「ま、ずッ……！」

「そうすれば、これから神の存在に惑わされて不幸になる人はいなくなるだろうから」

そしてその瞬間、セレシアの体は肥大化した腕に押し潰され廊下の壁を突き破って広大な敷地へと叩き飛ばされた。

◆◆◆

何度も回れ右をしたいと思った。

楽な方に、行きたい方に。

どうして自分がこんな目に遭わなければならないのか？　こっちは被害者で、望んでこの立場にいるわけでもないのに。

強くなろうとしたのは意地みたいなものだ。

決してシナリオ通りの道に進んでやるか、と。絶対に死んでたまるか、と。

しかし、それでも別に通らなくてもいい道があった。

たとえば、自分の味方になってくれるであろうメイドの女の子を助けたり、魔物に襲われている商会長の娘と聖女を、命を張って助けたり。

そんなことをしなくても、それらはシナリオに関係ない。

強くなるなら、もう少し別の方法があっただろう。

(あぁ、分かってる)

吹き飛ばされた、腕があった肩が酷く痛い。

燃やして止血こそしたものの、走る痛みだけはどうにもならない。

(本当は分かってるんだ)

イクスは飛び降り、アルルと同じ場所へ降り立つ。

その瞬間、イクスとアルルの拳が同時に互いの頬へ突き刺さった。

(俺は結局、悪役《ヒール》には向いていないんだって!)

今だって、首が千切れそうな痛みがある。

こんなことをしなくても、聖女ならきっと主人公が守ってくれるだろう。

自分は他の生徒と同じようにどこかへ逃げて、関係ない人間の行く末を傍観していればよかった。

それは決して聖女を対価としてもらえるから……というわけではない。

結局、あれやこれや理由を並べて拳を握る理由を作りたかっただけだ。

痛いのなんて……嫌に決まっているじゃないか。

「……認めよう」

イクスは赤黒く揺らめく腕の拳を握る。

「女の子が傷つく姿なんて見たくねぇんだ! 文句あっか、クソ世界《やろう》がアアアアアアアアアアアアアアアアアアアアアアアアアアアアアアアアアアアアアッッ!!!」

そうだ、自分が拳を握ってしまうのは、結局ここなのだ。

否定したくても、悪役《ヒール》に成り切ろうとしても。

どうしても、女の子の泣いている姿は見たくない……そう思ってしまう。

「は、はははははッ！　綺麗事なら他所《よそ》でやってくれませんか、英雄《ヒーロー》！」

アルルは猟奇的な笑みを浮かべて、そのまま地面に拳を叩きつける。

その瞬間、広大な敷地すべてにまで亀裂が入り、一瞬だけ土と芝生が辺りに舞う。

視界が悪くなる。

少しばかりアルルの姿を見失ったイクスの脇腹へ、容赦のない蹴りが突き刺さった。

「ばッ!?」

「絵空事で全てが救えるんなら、神様はいますよ、ちゃんとね！　んで、その絵空事が通じないから神なんかいねぇんですよォォッッッ！！！」

イクスの体が何度もバウンドし、校舎の壁へ激突する。

それによって穴が空いた壁の向こうには、何人もの一年生の姿があった。

そして、突如として現れたボロボロのイクスを見て驚く。

『イ、イクス・バンディール……？』

『お、お前も逃げろって！』

『あんな人間に敵うわけないんだから！』

あぁ、言っていることは正しい。

こんな悪役《ヒール》でも心配してくれる生徒達の言葉は、本来だったら自分が行きたい道だ。

ただ、それだと――

「エミリアが、狙われるだろうが……ッ！」

ゆらりと起き上がり、イクスはアルルに向かって瓦礫を踏む。

「神はいるよ、こんなクソッタレな世界に連れて来られたんだからなアアアアアアアアアアアアアアアアアアアアアアアアアアアアアアアッッッ！！！」

顕現する。

イクスの横に、三メートルは優に越える大剣を携えた赤黒い巨人が。

「……チッ、なんで私はこんなヤバいやつを相手にしなきゃいけないんですかね」

それでも、アルルは拳を握る。

明らかにただならぬ巨人がイクスの横に現れたとしても、譲れないものがあるから。

(あんな規模、絶対に魔力が根こそぎ持っていかれているはず。つまり、許容以上のダメージを与えれば、維持に支障が出る！)

アルルの認識は正しい。

赤の巨人は、イクスの魔力の大半を消費して生んだ上級魔法を改良したものだ。

当然、形が崩れるほどのダメージを与えれば、イクスは直すためにさらに魔力を消費しなければならない。

そんな大量の魔力、イクスにあるわけもなし。

つまり、一度きりの完全顕現。

これさえ倒してしまえば、イクスの厄介な魔法は今後なくなる。

「私は、神の不在を証明する……ッ！」

これ以上、自分と同じ神に惑わされた不幸な人間を生み出さないために。

アルルは駆け出した。

大剣が横薙ぎに振るわれ、跳躍して回避。その先には赤い腕を生やしたイクスが待ち構えていたものの、拳を避けて更に跳躍。

巨人の大剣の上に着地した。そのまま一気に駆け上がる。

直後に巨人の拳がアルルの胴体を捉えて吹き飛ばされたが、焼けた半身を気にせずアルルはまた走り出した。

ただ一発。

本気の一撃を叩き込めば、それでいい。

——自分には、圧倒的な才能《パワー》が眠っていた。

その気になれば、城なんて一回ぶん殴っただけで崩壊させることができる。

そんな人間の拳に耐えられるものがいるなら連れて来い。

「いっぺん、どん底を味わえ、英雄《ヒーロー》ッ！」

今度こそ剣も拳もかいくぐり、巨人の胴体にアルルの拳が突き刺さる。

潜在能力《ポテンシャル》を引き出すための魔力を最大限注ぎ込んで。

案の定、場を支配していた赤黒い巨人は形が崩れ……そのまま風に乗って姿を消していった。

「は、ははっ……」

やり切った。予想は正しかった。

これで、圧倒的な脅威は過ぎ去った。

あとは、魔力がすっからかんな人間にとどめを――

「……………ぁ？」

「英雄様……」

その光景を見ていたのは、崩れかけた屋上から祈るように見守っていた少女だけではない。

イクスが空けた穴の先にいた生徒、避難しようとして校舎の外に出た生徒、黒装束の男を相手にしていた少年、空を飛び回っている鳥。

その全員が、目撃する――

「終幕《エンドロール》を迎えるには早いだろ、クソ自己中《エゴイスト》がッッッ！！！」

赤黒い、溶岩で形成された腕。

触れた瞬間に起爆し、想定以上の威力が発揮される拳。

満身創痍な少年の一撃が、明らかに自分達を脅かす悪――アルルという少女の頬に突き刺さる。

悪党を倒すその姿は、まるで英雄《ヒーロー》のように見えた。

◆
◆
◆
（あー……久しぶりですね、痛いと思うのは）

広大な敷地に投げ出されたセレシアは、芝生の上に寝そべりながら空を見上げる。

ここ最近、剣を握るイベントがなかったと言われたらそれまでなのだが、セレシアはそもそもあまり敗北を知らない。

黒装束の男達を大勢相手にした時も、然程傷を負うことなく勝利を勝ち取ってきた。

自分に勝てるイクスとだって、鍛錬以外で本気で戦《や》り合うことなんてあまりない。

だからこそ、こうして自分が仰向けになっている現状を久しぶりに感じた。

（……あー、ほんと体が痛いです）

だからといってここで終《しま》いにする理由はない。

セレシアは体を起こし、ゆっくりと歩いてくるゼニスの姿へ視線を向けた。

クレアは一撃の巻き添えを食らったのか……少し離れた場所で倒れている。

胸が微かに上下しているのを確認し、セレシアは胸を撫で下ろす。

とはいえ、気絶しているのは微動だにしていないことから分かる。

（まぁ、責める気にはなれませんが）

何せ、あの肥大化した腕だ。

正確に言うと、無数の金属が腕に纏《まと》わりついている。

明らかに「タダでは済まない」ほど重たいのだと、一目で分かるぐらいの大きさ。

だからこそ、あの一撃があったのだろう。自分が手離した剣も中に入っており……自身の服も、何かに引っ掻かれたように破れている。

流石にアレに巻き込まれて「さぁ、もう一度立ち上がれ」と言うのは、生徒の身であれば酷というものだ。

「これで終わるかい？」

「いいえ」

セレシアは自然と、口元に笑みを浮かべる。

「こんな臨場感のある戦いを放置するほど……私は草食ではありませんよ」

「……素晴らしい向上心と言うべきかなんというか。君も随分変わっているね、愛らしいレディーは、はて一体誰に毒されたのかな？」

その言葉を聞いて一瞬、セレシアの脳内にイクスの姿が思い浮かんだ。

しかし、セレシアはすぐに否定する――

（誰よりも痛いいいいいいいことを嫌う彼の影響なわけがありません、ね）

セレシアは知っている。

イクスが本当は心の底で戦いを嫌がっていることを。

それでも、自分の評価のため、自身の命のため、そして……心のどこかにある「他者を守りたい」という優しさのために、彼は拳を握っている。

それを、従者《わたし》は——よく知っている。

「今の私は、恩義のためだけに彼に付き従っているのではありません」

セレシアは腰を落とす。

「そういう彼だからこそ、お慕いして付き従っているのです」

「……妬けるね」

ゼニスもまた、巨腕の拳を握る。

「君みたいな子は、どこかの誰かに似ていそうだから余計に殴り難いんだ」

二人、一斉に地を駆ける。

肉弾戦一本。とはいえ、ゼニスが腕を振るうと、校舎からパイプのような金属が一斉に襲いかかってきた。

十本、いや二十本を越えるぐらいだろうか？

セレシアは持ち前の身のこなしで躱していく。

徐々に距離が詰まり、ようやく互いの拳の間合いに。

「随分と仲のよろしいメイドがいらっしゃったのですね……ゼニス様」

「……私が誰か知っていたのかい？」

「ええ、ご主人様のために色々調べるのはメイドの役目ですので」

「なら先んじてとりあえず訂正しておこう……メイドではなく、妹だ。素直でいつも私の後ろをついてきた可愛い女の子だよ」

セレシアの蹴りが片腕に防がれる。

その隙を見計らい巨腕が振るわれるが、体勢を落としたセレシアの頭上で空を切った。

「ゼニス・イルーツ。没落した子爵家のご令嬢様ですよね？」

「……君とは年齢が離れていると思うのだが、よくもまぁ昔のことを知っているものだ」

だからといって、何が変わるわけでもない。

容赦するわけでも、見逃すわけでもない。

ただただ、圧巻とも呼べる近距離戦闘《インファイト》が繰り広げられていくだけ。

その最中、轟音が鳴り響いた。どことなく空気の温度が上がったような気もした。

しかし、二人の攻防は変わらない。

他者が介入することもなく、拳と蹴りの応酬が行われ——

「ッ!?」

セレシアの体が巨腕に叩かれ、吹き飛ばされてしまった。

ピンポン玉のように。無数の金属に引っ掻かれたのか、少しばかり血を撒き散らしながら地面を転がる。

その時――

「ようや、く……私も主人の役に立つ時がきたぞッ！」

ゼニスの巨腕の死角。

そこにいつの間にか起き上がったクレアの体が現れる。

ようやく現れた、第三者の介入。

拳を叩き込むことはしない。その代わり、クレアは唇を噛み締めて自身の体をタックルの要領で押し付けた。

「チィッ！　大人しく寝ていればよかったものを！」

「残念ながら、私はそこの領域《ステージ》に立つにはまだまだ技量が足りていないみたいだからな！」

一瞬だけ、ゼニスの動きが止まる。

しかし、すぐさまゼニスが腕を引き、散らばっていたパイプのような金属がクレアの背中を叩いた。

クレアはそのまま地面へ崩れ落ちていく。

そして――

「ナイスファイトです、クレア様」

吹き飛ばされたはずのセレシアが目の前に現れる。

咄嗟に、ゼニスは巨腕をセレシア目掛けて振るった。

その際、セレシアは身を捻った――巨腕に埋まった剣を引き抜いて。

「しまッ!?」

「お帰りなさいませ、相棒《パートナー》」

巨腕は一撃が重たい代わりに、死角が生まれやすい。

腕を振るえば、軌道上の物体は肩と巨腕に遮られ、視界から外れる。

この瞬間を、セレシアが見逃すわけがない――

「今日のこと、あとでご主人様に褒めていただけますかね？」

ザシュッ、と。

ゼニスの肩口から腰にかけてさっと線が走り、赤い血が零れる。

徐々に力が……体温がなくなっていく感覚。

意識も、みるみるうちに薄れ始めてきた。

明らかに致命傷で、深すぎる傷だ。

「今すぐに治療を受ければ、死ぬことはないでしょう」

こうして、従者と悪党の戦いは幕を下ろ――

「その代わり、今すぐ投降………………え？」

「ま、だ……死ぬわけ、には……ッ！」

ゼニスは、唇を噛み締めた。

◆◆◆

自分だって、善と悪ぐらいの区別はついている。

皆から幼いと呼ばれる年齢だったとしても「やってはいけないこと」ぐらいは理解しているつもり。

今やっていることは、もちろん悪だ。

まだ誰も殺したことはないが、殺そうと動いている自分は間違いなく悪だろう。

いいいいいいいいいでもきっと、仲間の皆は……私《アルル》が悪に染まらないようにしてくれていたのだと思う。

何せ、同じ集団に属しているにもかかわらず、実行する時は除け者。皆よりも強い私が「切り札」だからと参加すらさせてもらえない。

私達は有象無象の悪党集団だ。

存在自体がそもそも誰かの幸せを奪っており、皆が皆家族でも友人でもない。

同情する必要もない、愛する必要もない、身を慮《おもんぱか》る必要もない。

けれど、時折感じてしまう――皆、自分に家族のように接してくれる、と。

姉だったり、娘だったり、姪だったり。

傷の舐め合い。でも、正直に言う……心地よかった。

全てを奪われた私にとって、第二の家族と言っても差し支えない。

きっと、今日私を参加させてくれたのは、皆がもう一緒にいられないからだ。

捕まる人もいると思う、運よく逃げられる人もいると思う……死んでしまう、人もいると思う。

所詮は生徒。しかも、一年生しかいない時だ。

そんな自分達が遅れを取るとは思えない――けれど、ゼニスは言っていた。学年に何人かは化け物みたいな者が入学してくるのだと。

それは事実、当たっていた。

私も自分が化け物な部類に入っていると思っていたけど、同じぐらいの化け物がいた。

だから、最後ぐらいは皆で……ってことなんだと思う。

そういえば、ゼニスがここを襲撃する前に言っていた――

『聖女を殺す時は呼んでくれ。逆に負けそうになったら逃げてほしい……大丈夫、私達も分が悪いと思ったら尻尾を巻いて逃げるさ』

流石の私も分かる。

私に殺しをさせたくなくて、自分達は逃げるつもりなんてないくせに私を生かそうとしていることぐらい――

(許してほしいですね……)

頬に走る痛みに耐えながら、アルルは体を起こす。

少し先には、聖女を守るように校舎の前へ立ちはだかるイクスの姿が。

相手は満身創痍。けれど、片腕をもがれ、巨人を倒されてもなお魔力が尽きる様子もなく退く様子も微塵もない。

一方で、アルルの方は魔力が残り僅かだ。

所詮、スペックがぶっ飛んでいても、魔法頼みの女の子。

魔力が尽きてしまえば、どこにでもいる女の子とそう変わらない。

言いつけを守るのであれば、残りの魔力を振り絞って逃走に費やした方がいいのだろう。

だが――

「堕ちる時は、一緒……ですッ!」

アルルは駆け出す。

全身の痛みを堪《こら》えながら。

聖女さえ殺してしまえば。

女神の御使いとして崇められている彼女が死ねば、神は「そもそも存在しない」のだと証明できる。

何せ、自分唯一の駒を放棄するような所業なのだから。

他の人に聞けば「馬鹿じゃないの?」と言われるかもしれない。しかし、信徒だった自分は分かる——それが、どれだけ信徒に事実を突きつけるものなのかということを。

「私だけ逃げるってのは、無理な話でありやがりますよォォォォォォォォォォォォォォォォォォォォォォォォォォォッッッ！！！」

イクスの懐に潜り込む。

赤い線が振るわれ、触れた瞬間にアルルの体が燃え上がった。

耐えられるだけであって、痛いのは痛い。

それでも、アルルはイクスの背後に回って拳を振るった。

案の定、目が慣れたイクスが首を捻り、空を切る。もう一度アルルの頬に赤い拳が突き刺さった。

——だが、それでいい。

「最後の、最後……ッ！」

アルルの体は聖女のいる校舎の、壁まで吹き飛ばされる。

アルルは獰猛に笑い、残りの魔力を振り絞って校舎へ拳を叩き付けた。

「さぁ、証明《ひてぃ》できるものなら証明《ひてぃ》してみてくださよ、英雄《ヒーロー》！　このままじゃ聖女《ヒロイン》が死んでしまいますよォォォォォォォォォォッッッ!?」

校舎が、崩れ落ちる。

◆
◆
◆

もちろん、イクスの邪魔にならないようにしていたエミリアは屋上に残ったままだ。

校舎が崩れれば足場は消え、エミリアの体は瓦礫と共に落下する。

「ッ!?」

突如訪れる浮遊感。

戦闘に慣れていないエミリアが対処できるわけがなく、落下という事実と恐怖が一気に襲いかかる。

(死、ぬ……ッ!?)

助けを求めたかった。

けれども、落下の速度と風圧で上手く声がでない。

さらに崩れる順番が遅い瓦礫が、エミリアの上から落下してくる。

上手く着地できたとしても、上からの瓦礫に押し潰されて……まず助からないだろう。

(英雄様……ッ!)

思わず目を瞑り、少年の姿を思い浮かべてしまった。

一度死にそうになった自分を助けてくれた英雄《ヒーロー》。

今もなお、自分のために拳を握ってくれている少年。

思い浮かべたところで、どうなることもないはずなのに。

しかし、それでも――

「……一度『助けたい』って認めたんなら、最後まで突き通すべきだろ」

ガガガガガガガガガガガガガッッッ！！！　と。

瓦礫の崩れ落ちる音が一気に耳に響き渡った。

浮遊感もいつの間にか消えていたはずの死が一向に訪れない。

その代わり、体を包み込む体温だけが……聞きたかった声と共に訪れる。

「大丈夫か？　もし大丈夫じゃなくても、擦り傷ぐらいは多めに見てほしいところだけど」

ゆっくりと目を開ける。

そこには、額から血を流しているイクスが、自分の顔を覗く姿があった。

崩落に突っ込み、エミリアを宙で受け止め、そのまま瓦礫から守った。

文字通り——身を挺《てい》して。

恐怖から解放されたエミリアの瞳に、思わず涙が浮かんでしまった。

「えいゆう、さまぁ……！」

エミリアが無事なことを確認したイクスは安堵した表情を見せたあと、エミリアをゆっくり座らせて立ち上がる。

彼が向かう先には——瓦礫の傍で膝を突く、アルルの姿が。

「……そろそろ終わりにしよう」

殺せなかった。

その事実に打ちひしがれているのか、アルルは呆然とイクスを見上げるだけだった。
そして——

「…………………………ぇ？」

アルルの口から、そんな声が漏れた。

◆◆◆

ゼニスの家は、いわゆる信徒の家系だった。

と言いつつ、単に親の代から宗教にのめり込み、ゼニスが影響を受けたというだけ。

とはいえ、信徒になってからというもの……ゼニスの家には笑顔が広がっていた。

『神は誰もを笑顔にさせるべく動き、信徒も主たる神の意を尊重せよ』

優しくなった。

困っている人がいれば手を差し伸べ、常に両親は誰かに寄り添おうとした。

結果、領民からの支持は上がり、皆領主である両親を慕うようになる。

ゼニスも、そんな親の背中を見て「自分も」と、主たる女神の存在を信じて信徒になった。

妹も、姉の背中を追うように教会に通い始めた。

「ねぇねぇ、お姉ちゃん！　私ね、今日神父様に褒められたの！」

「あぁ、そうか……お前は真面目で優しいからな、神父様が褒めてくださるのも分かるよ」

しかし、そんな日も悲しいことに終わりを迎える――

「お、と……お母、さん？」

両親が殺された。

救いの手を差し伸べようとした人から、搾取されるような形で。

要するに、貧困を騙《かた》って屋敷に侵入し、金目のものを盗むために隙を見て両親を殺したのだ。

それは、ゼニスが王都の学園から帰ってきた時に発覚する。

妹も……両親の傍らで、両親と同じ道を辿っていた。

「う、ぁぁぁぁぁぁぁぁぁぁぁぁぁぁぁぁぁぁぁぁぁぁぁぁぁぁぁぁぁッッッ！！！」

両親が死に、満足に領地経営の術を学んでいないゼニスが維持できるわけもなし。

初めは親族や知人の貴族が手を貸してくれたが搾取され……ついに、ゼニスの家は没落してしまう。

――神を恨んだ。

あぁ、信じた神はクソッタレだったと。

あれだけ熱心に信じ、教えのために尽くしていたのに、何も救ってくれなかった。

神は結局……いないいんじゃないか。

そう思い、途方に暮れていた時にゼニスは今の集団に出会った。

皆、同じ不幸を背負い、神に見捨てられ、現実を思い知った者達。

彼らは神の不在を証明し、自分達と同じ末路を辿る人間が現れないように立ち上がったのだとか。

――ゼニスは優しい女の子だ。

自分のような不幸な誰かを生まないように、立ち上がろうと決意するのに時間はかからなかった。

それがたとえ、己が悪党に染まったとしても。

幸いにして、ゼニスは学園の中でもかなりの実力者だった。

有象無象が集まり、まともに教育を受けていない人間の中の誰よりも優れ、やがて集団内で発言力が増していく。

クズな教会内部の大司教……欲に駆られた異端者が、自分の立場を上げるために利害が一致した自分達に資金を提供し、仕事を与える。

仕事をこなし、聖女を殺すために動く日々を、ゼニスは送っていた。

そして、ある日のことだった――


「私も、あなた達の仲間に加えてください……絶対に、神様はいないんだって証明したいんです……ッ！」

村が焼き捨てられ、そこで生き残った女の子が現れた。

ゼニスと同じ境遇。村の人間が行き倒れている人を神の教えに従って救った結果……村が焼かれてしまったらしい。

結局、その人間は野盗で、殺戮《さつりく》を楽しむクズだったという。

その女の子――アルルは、酷く復讐心に駆られていた。

絶望のドン底にいた。

野盗は結局国に始末されたのだが、アルルの気は全く晴れなかった。

――ゼニスは、アルルを妹と重ねてしまった。

妹はこんな顔はしてないのに。

妹はこんな絶望めいた復讐心に駆られていたことはないのに。

ただ、同じ歳ごろのアルルに最愛の妹を重ねてしまったのだ。

同じ釜の飯を食べ、一緒に時を過ごしていくにつれて、その想いは強くなってしまう。

それは決してゼニスだけでなく、他のメンバーも同様に家族のような印象をアルルに抱いた。

普段は明るい子なのだ。

ただ根強い復讐心があるだけで、もしも彼女の身に降りかかった不幸がなければ、可愛らしい女の子のまま綺麗な青春でも謳歌《おうか》していただろう。

あぁ、分かっているとも。

誰かを殺そうとしている自分が、自分の大切なものを幸せにしたいなどとお門違いもいいところだということは。

大切な、もう一つの家族。

それでもアルルだけは、誰も殺してほしくない。生き残ってほしい。

だから――

◆◆◆

「…………………え？」

アルルの口から呆けた声が漏れる。

その表情は驚いているような、信じられないといったような、そんなもの。

イクスもまたアルルと同じように驚き、目を見開いてしまう。

何せ、いきなり目の前に虚ろな瞳を浮かべる薄水色の髪をした女性が、割って入るようにして現れたのだから。

「………う……ぁ……」

どうやっていきなり目の前に現れたかは分からない。

どこか引っ張られるようにして現れたような気がしたが、そんなこと二人は気にしなかった。

それよりも、肩口から腰まで斬られた深い傷と、そこから溢れる血に意識が向いてしまって。

明らかな重傷。

足は今にでも崩れ落ちそうなほど覚束ない。

うわ言を呟くだけで、イクスに視線すら向けられていなかった。

それでもなお、アルルを庇うようにしてイクスの前へと立つ。

「ゼ、ゼニス……？」

アルルの声に、ゼニスは応えない。

「…………」

さぁ、皆が待っている地獄へ向かう準備をしよう。

その前に、アルル《やり残したこと》だけはしっかりと守《やり切》らなければ。

◆◆◆

イクスも限界に近かった。

人並み以上の力を持つアルルに何度も殴られ、片腕を吹き飛ばされ、己の魔法の中で最強クラスの巨人も出して魔力が尽きかけている。

さらに、エミリアを庇った際に瓦礫が頭に直撃しており、意識はすでに朦朧《もうろう》としていた。

だからこそ、あまり深く考えられる力は残っていなかった。

どうして、彼女が目の前に現れたのか？

それよりも、ゲームのボス的なキャラクターが目の前におり、傷が深い。

恐らく、セレシアと戦って深手を負わされたのだろう。

――ならば、ここで倒さなければ。

（エミリアを、守らねぇと……！）

イクスとゼニスが動いたのは、ほぼ同時であった。

ゼニスが彼方から金属を腕に集め、肥大化した拳をイクスの頬に叩き込み。

イクスが膨らませた赤い腕をゼニスの頬に叩き込み。

両者共に、あまりにも重たすぎる一撃だった。

それでも、二人は倒れることはない――後ろにいる守りたい者を守らねばならないから。

「英雄様!?」

「ゼニス!?」

後ろから心配そうな声がかかる。

しかし、二人は再び相手を倒さんとアクションを起こした。

ゼニスは両腕を大きく使って前へと押し出すモーションを取ると、次の瞬間、街灯が一気にイクスへと襲い掛かる。

イクスは指先から溶岩のブレードを生み出して街灯諸共溶かし飛ばす。

ゼニスの懐から一本の釘が射出。イクスの肩を抉る。

それと同時に、イクスの蹴りがゼニスの鳩尾《みぞおち》に叩き込まれた。

そんなやり取りが――目にも留まらない、激しい速度で繰り広げられていく。

（こいつ……その傷でそんなに動いたら死ぬぞ!?）

未だ虚ろなまま体を動かしていくゼニス。

うわ言を吐きながら、激しすぎる動きでイクスを倒さんとしてくる。

もう、自分の命など眼中にないような――

「ご主人様ッ！」

その時、離れた場所からセレシアが姿を見せた。

横にはクレアの姿もあり、攻防を繰り広げているイクスに駆け寄ろうとしている。

「申し訳ございません！　その女が逃げて……ッ!?」

しかし、その最中にどこからともなく黒装束の男達がセレシア達の前へ立ちはだかった。

皆、セレシアやクレア、イクス達と同じように……明らかに傷を負っており、満身創痍といった姿。

人数も、セレシアが想定していたよりも圧倒的に少ない。

殺されたか、気絶させられているのか。

それでも、戦った者は再び戦場へと戻ってきた。

「ぐっ……！　主人、踏ん張ってくれ！　すぐにこいつらを片付ける！」

クレアとセレシアの実力は群を抜いている。

相手が大人数で、己が負傷しているとはいえ、同じく負傷している有象無象に今更負けるとは思えない。

ただ、斬り伏せても斬り伏せても、起き上がってくる。

まるで己の身を挺してまで時間を稼いでいるような——

(なん、で……みんな!?)

その姿を、アルルは見ていた。

ゼニスの時と同じように、信じられないとでも言いたい表情で。

まさか、と。

アルルはようやく気付き、ゼニスの方を向いて耳を澄ませた。

うわ言ばかりを呟いて、聞き取れない彼女の声を聞くために。

「にが、す……ぜった、いに……かぞくを、うしなう……いや、わたしは……じごくに、堕ち……」

——あぁ、分かっているはずだ。

自分達の行いは完全なる悪。自分達の自己満足と、勝手に掲げた正義感のために無実の善良な人間を傷つけてきた。

死んでも文句はなし。地獄に堕ちて当たり前。

自分達と同じ境遇の人間を生み出さないためにも、神を否定しなければならなかった。

「な、んで……」

自分達は有象無象の集まり。

家族のように想ってくれていたのは分かっていたが、身を挺して守るほどの関係ではなかったはずだ。

なのに、皆して私を逃がそうと己が逃げることを諦めて立ってくれている。

覚悟したじゃないか。

己の目的のためなら、ここで朽ちたとしても。

「い、いや……」

——アルルはまだ幼い。

胸に宿る復讐心と、目の前で自分のために体を張ってくれている悪党《かぞく》。

その二つを天秤にかけられて、まともな思考ができるわけがない。

もしも、現実的に『神の不在』を証明するのであれば、自分だけでも逃げて別のグループに合流して再び聖女を狙えばいいだろう。

(ど、どうすれば……!?)

アルルの中で、合理と現実がせめぎ合う。

その時——

「おい、悪党！」

虚ろなゼニスと戦い続けているイクスが叫ぶ。

「なに迷ってんだ！　やること決めてさっさと動きやがれ！」

「はぁ!?　あ、あなた何を言って——」

「そりゃ、俺だってお前を逃がしたくねぇよ！　こんだけ人殴っておいておいそれと『じゃあねー』なんてやられたら腹の虫が治まらねぇ！　っていうか、エミリアをまた狙うかも知れねぇしな！」

だったら何故、イクスは答えを急かすのか？

こうして何もできない自分がこの場に留まった方が、ゼニスの邪魔になるというのに。

それでも、イクスはアルルに向かって口を開く。

「俺は聖人君子でも赤穂浪士でも、勇者でも英雄《ヒーロー》でもない！」

所詮は、ただ少しだけ未来を知っている悪役だ。

誰からも褒められるような、偽善に満ちた正義の味方でもない。

客観的に判断された悪を必ず罰したいとか、大多数の意見に同調して悪を懲らしめたいとか、そういう気持ちもない。

きっと、今のアルルと同じようにイクスも悩んでいる。

叫んでいて、自分でもそう思う。

「……確かに、お前らのやってることは許されない。っていうか俺が許さん！」

でもな、と。

ゼニスの肥大化した腕から放たれる拳を顔に受けながらも、イクスはありったけの声で叫んだ。

「姉ちゃんが体を張ってお前を守ってんだろ!? 悪党だろうが善人だろうが……その想いを無駄にすんじゃねぇよぉぉぉぉぉぉぉぉぉぉぉぉぉぉぉぉッッッ！！！」

自分でも馬鹿なことを言っているのは分かっている。

ここで見逃す道理はないし、やったことは許されない相手。

もし見逃せば、またエミリア達を狙うかもしれない。

しかし、どうしてか。

初めこそ分からなかったものの、段々と理解してしまう。

こんなにも命を張って戦っている理由に。

（阿呆でも馬鹿とでもなんとでも言いやがれ！）

イクスの生身の腕が、ゼニスの頬に突き刺さる。

（そういう不条理に納得できないから、俺は強くなろうって決めたんだろ!?）

こんなに誰かを想える人が、生粋の悪党とは思えない。

やっていることは悪でも、ただ不幸に流《すじがき》されてしまっただけの優しい人なのかもしれない。

救われてもいいと思う。救うべきでもないと思う。

(一度助けてあげたい、そう思ったら迷うだろ、普通は！)

自分が決めるべきことではないと思う。

本当は当事者のエミリアが決めることなのだと思う。

故に、イクスは最後にチラリと後ろを見た。

そこには、真っ直ぐとこちらを見守るエミリアの姿が。

まるでイクスの考えを尊重するかのような、真剣な眼差しを向けて。

(だったら……！)

自分《おれ》じゃ決められない。

決められないからこそ——

「悪役《ぶがいしゃ》が決めることじゃない……お前がお前の大事なものを選んでみろや、このクソガキがアアアアアアアアアア゙ア゙ア゙ア゙ッッッ！！！」

怒りとも取れる叫び声。

アルルの思考が、一気に叩かれた感覚に襲われる。

だからからか、アルルの体が勝手に動いてしまった。

「ごめんなさいっ！」

そんな鳴き声にも近い叫び声が、敷地内に響き渡る。

イクスとゼニスが拳を合わせようとしている間に割って入るように、両手を広げたアルルが現れた。

目の前に泣き出しそうな少女が映って、イクスの振り上げた腕が止まる。

しかし、虚ろで意識があるのかも分からないゼニスの体は止まらず、アルルは抱き締めるように
その動きを止めた。

「もういいっ！　もういいですから！　やめてよ……私のために、もう頑張らないでくださいよ
ぉ！」

悪党に似つかわしくない、幼い少女の涙が地面に零れる。

その瞬間、プツリと糸が切れるかのように……ゼニスの体が崩れ落ちた。

ドサッ、と。この音が、少し離れた場所にいたセレシアや男達の動きを止める。

そして――

「……一緒に堕ちよ、お、姉、ち、ゃ、ん」

――少女は最後の最後で、自分の家族を選んだ。

◆◆◆

リーダー格の少女が戦いの終わりを告げた。

その瞬間、セレシア達に立ち塞がっていた黒装束の男達は武器を置き、即座に投降した。

これで、学園で起こった『神の不在』を謳うカルト集団とのイベントは閉幕。

イクスは駆けつけたセレシアとクレアに「あいつら適当に縛って」と、男達の無力化をお願いした。

そして――

「あとはお前だけなんだが……」

ゼニスの体を抱き締め続ける少女。

瞳に涙を浮かべて、イクスの顔を見ないまま口を開いた。

「……殺せばいいですよ」

「あ？」

「元より、目的を達成しようがするまいが、のうのうと生きるつもりはなかったです」

捕まるか、捕まらずに自害するか。

復讐に駆られ、誰かを殺めようとした時点で自分の末路は決まっている。

もう魔力は残っていない。

今から飛び掛かって聖女を襲おうとしたところで、取り押さえられてお終いだろう。

「あ、それとも私達が誰と繋《つな》がっているのか教えてほしいんですか？　いいですよ、全然教えますよ。あいつに愛着もクソもねぇですから」

その代わり、と。

アルルは動かなくなったゼニスをさらに抱き締めて、懇願するように呟いた。

「……もう少しだけ、このまま」

きっと、アルルもゼニスがもう助からないと分かっているのだろう。

明らかな致命傷。

にもかかわらず、イクスと激しい戦闘を行ったのだ。

傷は広がり、支えを失ったゼニスはもう虫の息。

分かっていた、覚悟もしていた。

それでも最後を見届けたいのか、最後まで一緒にいたいのか。

（こんなイベント、なかったはずなんだけどなぁ）

自分のした行動が、この結末を生んだのだろうか？

聖人君子でも、誰もを無償で愛せるほどの懐の深さもイクスは持ち合わせていない。

悪党だろうが善人だろうが、全員を救いたいなんて傲慢な考えはない。

ただ——

（今のアルルを見て、殺せっていう方がキツイ話だろ……）

一方で、残忍にもなれないのがイクスだ。

正義や、この世の常識を机上に挙げれば間違いなくここでアルルを引き剝がし、情報を聞いて然るべき処分を下した方がいいだろう。

なんだったら、ここで虫の息であるゼニスと一緒に殺して、捕らえている黒装束の男達の誰かから聞き出した方がいいのかもしれない。

「ふぅ……」

イクスは空を仰ぐ。

自分の中で、ちゃんとした結論を出すために。

そして、しばらく逡巡したあと。イクスは振り返ってエミリアの方を見た。

「なぁ、エミリア。おかしな話だとは思うが——」

「構いいませんよ」

「は？」

イクスが全てを言い切る前に、エミリアがゆっくりと自分の横を通り過ぎていった。

アルルの前まで来ると、腰を下ろし、そのままゼニスへと手を伸ばした。

「お、おい……いいのか？」

まだ何も言ってはいないはずなのに。

それでも、エミリアは何を言うこともなく自分の望みを汲んでくれようとしている。

そのことに、思わず疑問を投げかけてしまった。

だが、その問いに応えるかのように、エミリアの手から淡い光が生まれ始める。

「確かに、彼女達のした行いは許されることではないと思います。教会のことを考えるのであれば、私が手を差し伸べない方がいいのでしょう」

ですが、と。

エミリアは茫然とするアルルに向かって笑みを向けた。

「この世のあまねく全ての人間を笑顔にするのが、主たる女神の教えです。ならば、御使いである私が一生の笑顔を奪う真似などできません」

「ッ!?」

自分の命が狙われていたというのに。

自分を殺そうとしていたはずの人間で、これからまた殺すかもしれないのに。

それでも、みすみす一生の笑顔を奪うわけにはいかないと、手を差し伸べる。

——これが聖女。

そして、本ゲームのヒロイン。

もしかしたら、この行いは誰かから「ふざけんな」、「ちゃんと殺せ」と、バッシングのコメントとかあるのかもしれない。

しかし、イクスは何か胸に込み上げてくるものがあった。

(流石はヒロイン……)

ヒロインに関心を向けていると、エミリアはふと視線をこちらに向けてきた。

そして、少し気恥ずかしそうな笑みを浮かべて、

「そ、それに……私は守られた身です。英雄様が体を張って助けてくださったのですから、その意を汲むのは守られた身として当然なんです」

「……そっか」

イクスは少し口元を綻ばせ、その場に胡坐《あぐら》をかく。

淡い光に包まれ、徐々に傷口が塞がっていく。

これが女神の恩恵。治癒に特化したこの世で最も穢《けが》れなき行い。

その様子を見て「やっぱり鍛錬した時役立つわー」なんて、ようやく本調子に戻った。

一方で――

「な、なんで……」

アルルは、治癒してくれているエミリアを見て「信じられない」と驚いていた。

無理もない。殺そうとしていた敵を治しているのだから。

しかし、エミリアは何食わぬ顔で口を開いた。

「女神の御使いとして……英雄様に守られた者として、当然のことをしているまでですよ」

「だけど！」

「しっかりと罪を償い、また女神様の陽の下に足を運んだ時……もう一度、あなたが英雄様のように誰かに手を差し伸べていただけたら、それだけで充分です」

アルルの瞳に涙が浮かぶ。

それは次第に堪え切れず、嗚咽に代わって。

ただの女の子の鳴き声だけが、敷地内に響き渡った。

――こうして、聖女を取り巻くイベントは無事に幕を下ろす。

賛否両論あるかもしれないオチ。

もしかしたら、主人公がしっかりとシナリオを進んでいったら文句など生まれなかったのかもしれない。

しかし、たとえ文句があったとしても……ただの悪役《ヒーロー》の顔には、笑みが浮かんでいた。

「ご主人様、ただいま戻りました……って、どうして泣き出しそうな顔をしていらっしゃるのですか？」

「ふふふ……アドレナリンが切れてなくなった腕のところが超痛いのだよふふふ」

「うぉっ!?　しゅ、主人！　結構絵面が酷いぞ!?　早く治療してもらわないと……ッ！」

「やめろ！　今エミリアに声かけたら、なんか俺かっこ悪いだろう!?」

エピローグ

あれから、アルル達は教会へと身柄を引き渡された。

世間を騒がせた、『神の不在』を謳《うた》う集団。

幸いにして、死者はカルト集団以外には出ず、警備の人間、教師以外の負傷者は出なかった。

それもこれも、イクス達が頑張ったからだろう。

まぁ、対峙していいなかった男達が何故か何人も倒されていたが、生徒達が無事だったのは、間違いなくイクス達のおかげだ。

しかし、意外なことに皆から賞賛の嵐――なんてことはなかった。

それは単に皆がイクスが助けてくれたというのを知らないというわけでなく……重傷のイクスが大聖堂へと慌てて向かったからだ。痛かったのよ、腕が。

当初はゼニスを治し終わったエミリアにお願いしようとしていたのだが「申し訳ございません……取れた腕を治すには私には信仰が足らず」と、匙《さじ》を投げられてしまった。

故に、イクスは一番治してくれる可能性のある人間の下を訪れ――

「おー、ちゃんと元通りになってる」

吹き飛ばされた腕があった肩口……そこから元通りになった腕を回して、イクスは感嘆の反応を見せる。

現在、痛いのを我慢して赴いた大聖堂。

その礼拝堂の一つ。ステンドグラスが照らす下で、ウルミレアが胸を撫で下ろした。

「イクス様が傷口を焼いて出血を止めたのが幸いしましたね。ここに来るまでに失血死してしまうほどの怪我です」

「フッ……怪我した時は大体焼いてたからな。今までの経験の積み重ねが俺を生かしたということか」

「何度も焼かなければならないイクス様の日常に、私は心配が込み上げてきます」

強くなるためにあらゆることをしてきたイクスくんの日常は、少し刺激的なのであった。

「一応、念のためですが……しばらくはあまり動かさないでくださいね」

「鍛錬は!?」

「控えてください」

「剣を振るのも!?」

「控えてください」

「火の海ダイビングは!?」

「元からしてはダメですからね!?」

「そんな、馬鹿な……ッ!?」

イクスはショックのあまり、魂が抜けたような顔をする。

本来であれば「当たり前です」と言いたいところなのだが、あまりにも落ち込んでいるイクスを見て申し訳なくなるウルミレア。こちらもだいぶ毒されているようである。

「申し訳ございません、イクス様……ただ、イクス様のおからだを想えば控えていただくしか……」

「あ、うん……なんかごめん」

そして、ここまで女性に申し訳ないと言われると自分まで申し訳なく思うイクスであった。

「っていうか、ありがと。凄いんだな、聖女って」

「いえ、凄いのはここまでの傷を負っても戦い続けたイクス様です……本当に、このような怪我をしてまで」

ウルミレアは少しだけ沈んだ表情を見せ、そっとイクスの治った腕に触る。

「聞くところによると、捕らえた少女……アルルという子は、意欲的にこちらへ協力してくれそうな態度でした。恐らく、これで裏で糸を引いていた人間を捕らえることができるでしょう」

組織として活動している以上、大元が消えれば自然と瓦解する。

もしも、ちゃんとアルルが協力してくれるのであれば、今回の騒動に決着がつくのも時間の問題だろう。

「それもこれも、イクス様達のおかげです。この度は本当にありがとうございました」

「いや、だから本当にいいって。報酬ももらえるわけだしな！」

ピクり、と。

ウルミレアの肩が跳ねる。

そして、少しばかり気恥ずかしそうに体をモジモジさせ――

「そ、そうですよね……今から、お引越しの準備をしなければなりませんよね」

「ん？」

わざわざ泊まり込みで鍛錬に付き合ってくれるの？

なんて解釈違いをしたイクスは内心で「ラッキー」と、ガッツポーズを見せた。

その時、いきなり礼拝堂の扉が勢いよく開け放たれる。

そこに姿を現したのは、制服姿のエミリアであった。

「英雄様っ！」

エミリアはイクスの姿を見るなり、駆け寄ってくる。

事後の聴取のために別行動を取っていたが、ようやく解放されたらしい。

イクスの前へと近づき、マジマジと体を見てエミリアは胸を撫で下ろす。

「あぅ……よかったです。ちゃんとくっついてます」

「聖女パワーって凄いよなー」

「片腕が吹き飛ばされた時は、本当にどうしようかとおもっ……思い、ました……ッ！」

その時のことを思い出したのか、エミリアの瞳に涙が浮かぶ。

あまり女の子の涙に慣れていない。

そんな情けないイクスは少しだけ慌てるが、すぐにエミリアの小さな頭に手を置いた。

「ま、まぁ……腕も治ったんだからいいじゃねぇか」

「で、ですが……！」

「それより、ちゃんとエミリアを守れてよかったよ」

「〜〜〜ッ!?」

これはイクスの本心だ。

助けたいと思ったのは事実。そのために、自分の中で認めてちゃんと拳を握った。

最悪、腕だって失う覚悟があったのだ。

だからこそ、こうしてエミリアが無事な姿を見られてホッとしてしまう——片腕がなくなりかけたことなど、どうでもよくなるぐらいに。

エミリアはイクスの言葉を受け、酷く顔が真っ赤になる。

そして、それを隠すようにイクスへと思い切り抱き着き——

「ありがとうございます、英雄様……」

ボソッと、そんな言葉を漏らした。

美少女からのスキンシップ。ソフィーのような子供とは違って、この体の同年代の異性で……ヒロイン。

甘い香りが鼻腔を擽《くすぐ》り、柔らかい感触が全身に襲いかかる。何より、胸元から聞こえてくる嗚咽のような声にどうしていいのか分からず、イクスは両手を上げて降参のポーズを見せた。

(ほんと、このオチって悪役《イクス》らしくねぇよなぁ……)

危ない目にも遭った。

思った通りの破滅フラグではないが、命を捨て、ゲームの結末のように死亡エンドで終わるかもしれなかった。

それでも、こうして命があるのは……今までの努力のおかげだろう。

(どうだ、見たかよ神様)

生き残ったぞ、クソボケが。

なんて、神様のお膝元でイクスは内心で中指を立てるのであった。

◆◆◆

あれから二週間ほどが経った。

『神の不在』を謳うカルト集団は、見事に瓦解を始めた。

それは、資金を提供していた教会内部の大司教の名前が挙がり、粛清されたからだろう。

どうやら、聖女ありきの教皇を失脚させるべく、カルト集団に加担していたらしい。

ゲームをしていたイクスも詳細までは把握していなかったため、話を聞いた時は「へぇー、そうなんだぁ」と少しの驚きと大半の興味のなさを見せた。

アルルやゼニスといった、集団のボス的な立場の二人が協力的でなければ尻尾は摑めなかったはず。

二人や他の男達の処罰は分からないが、一度選択を投げた身としては少しでも軽くなってくれるのを祈るばかりだ。

そして、事態の収束が見えてきたということで、イクス達は世界で最も穢《けが》れのない場所から出て行かなければならなくなり——

「やーだー！　イクスと一緒にいるー！」

荷物を纏《まと》めているイクスの背後から服を引っ張るソフィー。

子供らしいというかなんというか。

イクスも「聖女もちゃんと人間なんだなぁ」と、微笑ましい感情を抱いた。

「と言ってもなぁ……本来はお兄ちゃん、ここにいちゃいけない人間なんだよ。ほら、男子禁制の更衣室にお兄ちゃんが紛れ込んだらおかしいだろ？」

「……イクスになら見られてもいいもん」

「大人になってから、もう一度同じセリフを聞かせてくれたら喜んで——」

「何を仰っているのですか」

スパァァァァァァァンッッッ！！！　と。

破壊音にも似た音がイクスの頭部から響き渡った。

「そういうのは、現在進行形で見る価値のある私に向けて言うセリフです。何を今の内から未来へ希望を託しているのですか」

「…………………」

「しゅ、主人……大丈夫か？　その、首がおかしな方向に曲がっているぞ？」

「イクス、大丈夫？」

荷造りを手伝っていたクレアと、ソフィーがイクスの顔を覗き込んで心配する。

気にしないでと言いたいところだが、本当に痛くて何も声が出てこない。

まったく、女の子の嫉妬は可愛いなぁ！　なんて、背後でスリッパを片手に頬を膨らませるセレシアに言ってあげたかった。二度目がないように。

「ソフィー様、あまりご主人様を困らせてはいけませんよ。ご主人様だって、ソフィー様と離れ離れになるのは寂しいのですから」

「あ、あぁ、そうだとも！　主人はソフィーのことが好きだからな、きっと寂しく思っているはずさ！」

「……ほんと？」

「もちろんだ！」

イクスは首を手で捻って強制的に元に戻し、ソフィーの方を向く。

そして、力強く頷いた。

「こんな可愛い妹と離れ離れになって寂しく思わないお兄ちゃんがいるか!?　この前のクッキーだって、お兄ちゃんは未だ食べずに保管してあるんだぞ!?　せっかくなら額縁に飾って入館料をせしめたいぐらいだ！」

「正直、ここまで寂しがっていたとは思わなかったぞ」

「むぅ……もしや、私の好敵手《ライバル》は年下の聖女様なのかもしれません」

予想以上に入れ込んでいたご様子。

力説するイクスを見て、クレアは頬を引き攣《つ》らせ、セレシアはさらに頬を膨らませた。

「……分かった、イクスが我慢するなら私も我慢する」

「分かってくれたか、いい子だぞソフィー」

「で、でもっ！　たまにでいいから遊びに来てね！　お手紙も、いっぱい書くから！」

「…………………」

土下座してでも、残らせてもらおうかな？

なんて、妹の可愛らしさに当てられて一緒にいようとするイクスであった。

しかし、そのあとすぐに何かを思い返したかのように二人を見る。

「そういえば、二人共。ありがとうな」

「ん？　どうしたんだ、主人？」

「いきなりお礼など、珍しいですね」

「いやさ、ちゃんと言ってなかったなーって……ほら、あのカルト集団と戦ってくれただろ？」

本当に今更なことに、セレシアもクレアも首を傾げる。

「ぶっちゃけ、セレシアとクレアがいなかったらしんどかったし。あのお姉ちゃん、普通に強くてさ。二人でこられたら流石に死んでたし……セレシアもクレアも、体を張って戦ってくれたじゃん」

何を言ってるんだろう、と。クレアは思った。

確かに、自分は薄水色の髪をした女性と戦った。まったく役には立っていなかったが、それでも立ち向かおうとしたのは一年生と……聖女を助けたかったからだ。

助けたエミリア達からお礼を言われるのであれば、分かる。

だが、同じように体を張って自分たち以上に拳を握ったイクスからお礼が飛び出るのはおかしな話。

しかし、意が分かったのか。

セレシアは頬を緩め、熱の籠った眼差しを向けて小さく頭を下げた。

「もったいなきお言葉です。ご主人様の優しさのお力添えができたのであれば、これ以上の本望はございません」

「お、おぅ……どうした？　滅多に見ないメイド臭が漂ってお兄さんは少し怖いぞ」

「ふふっ、では怖がらせないようご主人様が大好きで見慣れているメイドスタイルでお返事します♪」

「うぉい、やめろ抱き着くな頬擦りするな！　ここで可愛い妹が見てるんだぞ教育に悪かったらどうする!?」

抱き着いてきたセレシアを必死に引き剝がそうとするイクス。

本来なら親しい美少女からのスキンシップはばっちこいなのだが、いかんせんここにはソフィーがいる。

嫌われないためにも、現在進行形で頬を膨らませているので今すぐにでも引き剝がさなければばッッッ！！！

「ご主人様」

「まずは離れろお前――」

「お疲れ様でした。やはり、ご主人様は最高にかっこいいです」

突然の労いに、イクスは思わず固まってしまう。

疲れた、本当に疲れた。

主人公との決闘から、大きなことに巻き込まれた。

それでも、ちゃんと誰かの笑顔が守られ、自分もどこか強くなったような気がする。

だから、イクスは――

「当たり前だろ、俺は悪役《ヒール》だからな！」

どのヒロインのルートでも死ぬ悪役。

認めたくなくて、今日という日まで生き残るために力を磨いてきた。

今回も実際のシナリオとは違うものの、しっかりと己の身に降りかかる破滅フラグがあった。

でも、関係あるか。

これからも、イクスはヒロイン達から生まれる破滅フラグを実力で叩き折っていく――「といっても、流石にしばらくは落ち着きたいところだな！　もうしばらくはゆっくり鍛錬でもしたいっ！」

「ご主人様、アリス様からもらった通信用の魔道具が鳴っていますよ？」

「……ほんと、スマホみたいだな――もしもし？」

『あ、もしもしイクスくん!?　あのさ、今ちょっと大丈夫!?』

魔道具越しから聞こえてきた少女の声。

どこか焦っているように聞こえ、イクスは思わず首を傾げる。

そして――

『あ、あのさ……その、土地がほしいって言ってたじゃん？　あの件で、お、お父さんが、い、イ、イクスくんに会いたいって……』

……変なフラグが立ったなぁ。

なんて、少し前の自分のセリフが無事に回収されたことに、イクスはさめざめと泣くのであった。

あとがき

初めましての方は初めまして、お久しぶりの方はお久しぶりです、楓原こうたです。

この度は、本作をお手に取っていただき誠にありがとうございます。

無事書籍が発行され、心底ホッとしております。

本作は去年ぐらいにカクヨム様で投稿させていただいた作品で、あまり書いてこなかった悪役転生ものになっており、ＳＱＥＸノベル様での前作『俺は影の英雄じゃありません！』とはまた違った形の異世界ものになります。

作者自身、読んできたことはあったのですがいざ実際に書いてみると中々に不慣れでして……面白く書けているか、正直不安なところもありました。

ここまでお読みくださった皆様に、面白いと思っていただけたら非常に嬉しく思います。

さて、悪役転生ものな本作ですが、今回は徹底的にポジティブに、コメディに仕上げております。

破滅フラグが嫌で死なないように頑張る……というコンセプトの元、「いやマジ強くなればぶっちゃけ大丈夫！」と、ちょっと変わった感じに振り切っております。

その結果、皆より強くなってしまったり、自分は強いだろと周囲に見せつけ、マウントを取りま

くり、自ら死ぬイベントに突っ込むイカレ野郎となってしまいました（笑）

個人的に一番気に入っているのは、どこぞの女騎士令嬢を炎の中に放り込んであまり大きな声ではいえない姿にしてしまったところなのですが……それでも、根っこは優しいやつなのでご勘弁していただけたら幸いです。

主人公がこんな感じなわけで、他のヒロインも少々ぶっ飛んでしまった形になりました。

主人と同じようにサドッ気を発揮してしまうメイドの美少女や、これが鍛錬だと思って自ら恥に飛び込んでしまうご令嬢。

なんで主人公の周りの女の子がこんな感じになってしまったのか今でも疑問ではありますが、面白いキャラクターになったということで今では気にしないようにしております。

他にも聖女の三人、商会長の娘、ゲームの主人公、敵組織のお姉ちゃんと妹などなど、一巻にしては多くのキャラクター達が登場しておりますが、次がもしあればどのキャラが活躍するのか、このあとがきを書いている私も分かりませんので、とても楽しみにしております。

少しキャラクターのお話を長くしてしまったので、ここら辺で最後のご挨拶を。

改めまして、この度は本作をご購入、お読みくださって誠にありがとうございます。

ファルまろ先生の描くイラストは作家になる前から大好きで……自分の作品のキャラクター達を描いていただき、とっても嬉しいです。この度はイラストを担当してくださりありがとうございました。

また、お声がけしていただき、色々と助けていただいた編集様、ならびに出版に携わってくださった皆様、ありがとうございます。

また次にお会いできる機会があることを、心より願っております。

1巻お買い上げいただき
ありがとうございます!!

YG COMICS
ヤングガンガン
毎月25日発売
その着せ替え人形《ビスク・ドール》は恋をする
福田晋一
不器用な先輩。
工藤マコト
咲―Saki―
小林 立
ダンジョンに出会いを求めるのは間違っているだろうかⅡ
原作：大森藤ノ 漫画：矢町大成
キャラクター原案：ヤスダスズヒト
デッドマウント・デスプレイ
原作：成田良悟
作画：藤本新太
ゴブリンスレイヤー外伝：イヤーワン
原作：蝸牛くも 作画：栄田健人
(GA文庫／SBクリエイティブ刊)
キャラクター原案：足立慎吾／神奈月昇
メカニカル バディ ユニバース 1.0
加藤拓弐
ヤングガンガン
YOUNG GANGAN
毎月
第1・第3
金曜日発売
●兄の嫁と暮らしています。 ●＋チック姉さん ●翠花は少子化担当 ●マリーゴーラウンド
●MURCIÉLAGO ―ムルシエラゴ― ●ゆうべはお楽しみでしたね ●讐演のアルアビュール
●追放勇者の優雅な生活～自由になったら俺だけの最愛天使も手に入った!～ ●野球少女鷲尾@comic 鷲尾さんは楽天的でいたい 他

SQEXノベル

悪役貴族が開き直って破滅フラグを“実力”で叩き折っていたら、いつの間にかヒロイン達から英雄視されるようになった件 1

著者
楓原こうた
イラストレーター
ファルまろ

2025年2月6日　初版発行

発行人
松浦克義
発行所
株式会社スクウェア・エニックス
〒150－6215
東京都渋谷区桜丘町１番１号　渋谷サクラステージSHIBUYAタワー
（お問い合わせ）スクウェア・エニックス　サポートセンター
https://sqex.to/PUB

印刷所
中央精版印刷株式会社
担当編集
小山一貴
装幀
AFTERGLOW

ISBN978-4-7575-9666-5 C0093　　Printed in Japan